L. Besnard

D1424662

LE SALON
DES JADES

Janet Louise ROBERTS

LE SALON DES JADES

(Jade Vendetta)

LES EDITIONS MONDIALES
2, rue des Italiens — Paris-9ᵉ

CHAPITRE PREMIER

Cecilia Trent s'allongea sur le canapé de velours bleu et mit la main sur ses yeux.

— Lisez-moi la première scène, May, dit-elle, déjà attentive.

May Endicott prit le manuscrit sur la coiffeuse particulièrement encombrée : fards de toutes sortes et toutes couleurs, brosses diverses, postiches, etc. Elle s'installa commodément sur le siège proche de la chaise longue et commença à lire de cette voix bien timbrée qui avait fait son succès pendant quarante ans.

« — Orlando : Je me souviens, Adam, de cette façon de... »

Cecilia caressa la soie chatoyante de sa robe de chambre. Elle avait croisé les chevilles et l'une de ses mules était à terre. L'autre dansait au bout de son orteil nu, tandis qu'elle se concentrait sur le texte.

Cette soirée était particulièrement importante : c'était sa première apparition dans le rôle de Rosalind de *Comme il vous plaira* de Shakespeare. Cette charmante comédie était son œuvre favorite depuis sa plus petite enfance, quand, excitée, elle regardait sa mère jouer ce rôle sur les planches usées d'une pauvre auberge ou la terre battue d'une grange, au hasard des tournées.

Comme May lisait la deuxième scène, Cecilia se souvenait des premières années de sa vie. Elles avaient été dures, mais heureuses. Puis sa mère était morte, son père s'était remarié. Elle repensait aux rudes hivers, à la nourriture rare pour la petite troupe ambulante. Elle se revoyait marchant péniblement derrière le chariot des décors et des costumes. A treize ans, on lui donna le rôle de Juliette.

Et enfin à dix-sept ans, Henry Brayton, l'imprésario, était venu jusqu'à Brighton pour voir et entendre la débutante qui promettait d'être un jour une grande actrice. Et les heures heureuses, glorieuses, avaient alors commencé.

En 1894, à vingt et un ans, elle était étoile... et la coqueluche de Londres.

Elle écarta impatiemment ces souvenirs. Elle aurait le temps d'y repenser après la représentation, quand l'excitation de la soirée l'empêcherait de s'endormir. Maintenant, elle devait vivre son rôle, devenir Rosalind, envoyée en exil et menant une vie de rêve dans la forêt d'Arden.

Soudain, couvrant la voix de May, il y eut un agaçant tohubohu derrière la porte de la loge.

— Non ! Non ! Vous ne pouvez entrer !

Elle reconnut la voix haut perchée du régisseur, très vite noyée sous les huées et les rires moqueurs. La porte fut ouverte d'une violente poussée.

Surprise, Cecilia se dressa sur sa chaise longue, remontant son peignoir sur elle. May bondit de sa chaise, petite tornade aux cheveux blancs, aux yeux fulgurants.

— Comment osez-vous pénétrer ici ! Filez ! Mademoiselle Trent se repose avant la représentation.

Tous ses efforts ne purent empêcher l'intrusion d'un groupe de jeunes dandies, une bonne douzaine. Elégants dans leurs habits du soir, les moustaches soyeuses, le teint coloré par les boissons nombreuses et variées qu'ils avaient absorbées dans la soirée.

Cecilia les regarda avec hauteur. Le régisseur suivait le groupe, menaçant et gesticulant.

La jeune actrice remarqua un homme grand, brun, aux épaules larges qui, à l'écart des autres, la fixait intensément. Son regard sombre et brûlant allait des boucles blondes de la jeune fille à ses pieds nus.

Le menton levé, dédaigneuse, elle soutint le regard cynique du beau visage hautain et régulier.

— Nous sommes simplement venus présenter nos respects à la merveilleuse mademoiselle Trent.

La voix était profonde, mais l'intonation moqueuse.

— Vous ne lui avez jamais été présenté. Elle ne vous connaît pas. Si vous désirez lui rendre hommage, vous pouvez lui envoyer des fleurs, répliqua May, toujours furieuse.

Elle essaya vainement de faire sortir tout le monde. On aurait dit un vaillant petit remorqueur hâlant de gros vaisseaux, pensa Cecilia, un peu amusée.

Le grand garçon s'inclina profondément devant Cecilia.

— Lord Hugo Kinnaird, marquis de Barrington. Puis-je vous exprimer ma profonde admiration pour votre beauté, votre talent et votre charmante présence sur les scènes londoniennes ?

— C'est cela, Hugo ! s'écria le plus jeune du groupe qui s'était rapproché. C'est exactement ce que nous pensons tous !

— Et voici mon ami et cousin monsieur Laurence Kinnaird. Lui aussi admire votre beauté, depuis votre blondeur charmante jusqu'à... vos pieds nus...

Il était cependant visible que ce n'étaient pas les pieds de Cecilia qui retenaient son attention. Et la jeune actrice se félicita de ne pas s'être levée pour lui, bien qu'il fût marquis.

— A un autre moment, dit-elle calmement — et la rumeur s'éteignit pour l'écouter — j'aurais apprécié vos compliments. Mais, pour l'instant, je suis en train de revoir mon rôle. Voulez-vous être assez aimable pour quitter ma loge.

La voix douce avait agi comme un charme. Tous les visiteurs, sauf le marquis et son cousin, saluèrent et se retirèrent, plutôt confus de leur entrée audacieuse.

Cecilia regarda le marquis, le menton haut levé, ses yeux verts brillant de colère.

— Voudriez-vous dîner avec moi, ce soir, mademoiselle Trent, après la représentation ? demanda-t-il.

— Non. Merci, Monseigneur, dit-elle avec un calme factice. Je suis toujours fatiguée après une représentation. Spécialement après une première, où le public est particulièrement exigeant.

Son ton était froid, fort peu engageant. Sans doute, son visiteur la considérait-il comme une de ces théâtreuses dont un dîner bien arrosé suffit à acheter les faveurs.

— Mais... nous devons célébrer votre triomphe ! insista-t-il.

— Il n'y aura ni triomphe, ni même représentation si vous ne me laissez pas seule immédiatement ! éclata la jeune fille, exaspérée. Monsieur, non seulement vous êtes ivre, mais ridicule. Je vous prie de quitter cette pièce sur-le-champ !

Laurence, qui semblait de plus en plus désarçonné par la réaction de Cecilia, tira son cousin par la manche.

— Venez, Hugo, nous avons tort de déranger Madame.

— Vous devez partir, insista le régisseur.

Il était inquiet : Mlle Trent était connue pour ses colères et M. Brayton protégeait visiblement celle qu'il considérait comme sa découverte personnelle.

Hugo se résigna enfin à obéir, non sans un dernier avertissement :

— Nous nous reverrons, croyez-moi !

Un peu plus tard, le régisseur refermait sur les deux garçons la porte de la loge. Cecilia était hors d'elle.

— Imbéciles ! s'exclama-t-elle en se réinstallant sur la chaise longue. Ils lui avaient gâché sa soirée !

— Chérie, calmez-vous. Ils sont seulement étourdis ! Mais l'un était un marquis... Autrefois, vous n'en aviez pas dans votre entourage... Moi, oui... une fois. J'avais trente ans... Il m'envoyait des roses... et,

plus tard, un collier de diamants... Ah ! Oui ! J'ai eu
du succès en mon temps...

Cecilia tourna vers le mur son visage rougissant.
Ils la poursuivaient tous avec des fleurs et des joyaux.
Tous désiraient la même chose d'elle. Mais ils pouvaient
attendre longtemps... Ce n'était pas cette route qu'elle
entendait suivre...

May reprit sa lecture. Sa voix apaisait. Cecilia
qui laissait les mots la pénétrer, la baigner dans leur
flot de rêve et de fantaisie. Finalement elle se leva et
commença à se maquiller avec soin.

— Il a été marié..., dit brusquement May, en lui
présentant la robe bleue du premier acte.

— Qui ?

— Ce marquis. Je viens de m'en souvenir. Sa
femme est morte en couches. Les journaux en ont
parlé. Puis il a été fiancé et la jeune fille est morte au
cours d'une chasse, sur les terres de Barrington. Une
vraie tragédie !

Cecilia examinait son visage dans le miroir.

— Voulez-vous tourner un peu la lampe, May, s'il
vous plaît ?

La flamme du gaz éclaira le visage attentif.

— Il est le dernier de sa lignée, dit May, bavardant comme elle faisait souvent avant une représentation.

Elle pensait qu'il fallait distraire la jeune comédienne alors que celle-ci préférait se concentrer sur
son rôle.

— C'est triste ! assura enfin Cecilia, avec un soupir. Ainsi, les deux femmes qu'il a aimées sont mor-
tes ? C'est pour cela, sans doute, qu'il a un air tellement cynique...

— Mais il est très beau ! corrigea May. Il pourrait
bien devenir amoureux de vous...

Ses yeux perspicaces étudiaient gentiment la jeune
fille. Elle continuait à souhaiter pour elle un jeune
noble, qui lui ferait une existence agréable et la sor-
tirait de cette vie uniquement axée sur le théâtre.

— Je préviendrai monsieur Brayton. Je ne veux

pas être importunée par ce genre de visite, déclara Cecilia fermement, en se glissant dans sa robe, que May ajusta ensuite sur ses hanches.

Comme elle achevait le boutonnage, il y eut un léger coup frappé à la porte. May alla ouvrir et Pierce Mortimer entra, dans l'habit du duc Frédéric. Dans son costume de scène, il semblait plus grand que dans la réalité. Il pouvait faire illusion au théâtre, mais Cecilia savait ce qu'il fallait penser de cet acteur médiocre.

— Cecilia, j'ai entendu dire que vous aviez été importunée. Pourquoi ne pas m'avoir appelé ?

Il s'approcha d'elle. Un peu trop près.

— Merci, Pierce. Je n'aime pas être dérangée avant d'entrer en scène.

Il ne sembla pas comprendre l'insinuation et continua :

— Dînerons-nous ensemble ce soir ? Nous pourrions fêter notre succès au champagne.

— Non, merci, Pierce. Je serai fatiguée. Pourquoi ne demandez-vous pas à Bella ? Elle vous adore et vous la traitez fort mal.

— Je préférerais être avec vous. Vous le savez bien !

May lui lança un regard peu aimable. Sa protégée n'avait pas de temps à perdre avec de minables acteurs.

— Filez ! Cecilia est prête et vous allez encore être en retard.

Mortimer partit en claquant la porte. Cecilia attrapa une de ses mules et la lança délibérément sur le mur.

— Ne me laissera-t-on jamais la paix ? Comment puis-je jouer quand on m'agace, m'énerve, m'empoisonne !

— Allons ! Tout ira bien. Asseyez-vous, chérie. Pensez à la forêt d'Arden, une forêt verte et fraîche, avec de bons et vrais amis autour de vous...

May connaissait Cecilia depuis son jeune âge et les histoires étranges avaient toujours fasciné l'enfant. May s'agenouilla et laça les cothurnes du premier acte. Le visage de l'actrice s'était assombri. Mais, même ainsi, un peu boudeuse, elle était très belle. De plus, elle était une excellente comédienne.

Pendant ce temps, Cecilia, regardant son image dans le miroir de la coiffeuse, se concentrait sur son rôle. Elle se sentait terriblement nerveuse. Elle n'avait pris qu'un bouillon avec un œuf battu depuis le matin. Après la représentation, elle savait qu'elle serait affamée... Elle rentrerait avec May dans son appartement, mangerait copieusement si la pièce était un succès. Si, au contraire, c'était un échec, elle savait qu'elle aurait alors envie de mourir...

May recommença sa lecture. Cecilia écoutait, les yeux mi-clos, comme en un rêve. Rosalind... amoureuse d'Orlando... Amoureuse... Qu'était donc l'amour ?

Etait-ce seulement cette attraction physique qui semble rendre les hommes fous ? A seize ans, elle avait dû se défendre contre les assauts répétés d'un homme. Etait-ce seulement à cela que pouvait s'attendre une actrice ? Alors, non, l'amour n'était pas pour elle et elle l'éviterait.

Depuis ce jour, où elle avait dû se débattre comme un chat sauvage, elle avait détesté les hommes, spécialement ceux qui se déclaraient amoureux d'elle. Pourtant...

Quand elle avait eu dix-neuf ans, un garçon attirant avait fait partie de leur troupe. Il avait dix ans de plus qu'elle, une femme et trois enfants. Mais quand il l'avait serrée dans ses bras au cours d'une scène d'amour de leur répertoire, elle avait, sous son regard implorant, ressenti un trouble qu'il avait été difficile d'oublier. Un besoin de se confier à ces bras fermes et tendres, de se laisser glisser dans une douceur trompeuse.

Durant un mois, elle avait vécu comme en rêve. Puis elle avait retrouvé ses esprits. Car l'épouse les avait rejoints. Une pauvre malheureuse que l'acteur traitait de haut. Indignée, éveillée à la réalité, Cecilia avait été guérie. Depuis, elle avait toujours été maîtresse d'elle-même. Elle considérait l'amour comme

une duperie. C'était fait pour le théâtre. Dans la vie
réelle, il n'existait probablement pas...

Soudain, elle réalisa que May avait arrêté sa lecture. C'était l'heure.

.•.

Hugo s'adossa à sa chaise de velours grenat, dans
l'ombre de la loge. Il avait sommeil. Un dîner trop
lourd, des vins trop généreux...

Le jeune frère de Laurence, Nicky, faisait des réflexions sur les femmes assises devant eux, aux fauteuils d'orchestre.

— Oh ! Tais-toi ! implora son aîné.

Hugo le regarda, surpris. Il pensa brusquement que
son cousin, à vingt-quatre ans, avait encore une vue
idéaliste des femmes.

Parfois, la compagnie de ses deux cousins était
agréable à Hugo. Elle l'avait distrait de ses sombres
pensées, après la mort d'Irène. Pauvre petite Irène,
si timide, si douce ! Auraient-ils fait un bon ménage ?
Peut-être ! Mais, il y avait eu un coup de fusil, sa
fiancée à terre, la tête ensanglantée...

Hugo frissonna. Il avait délibérément fait disparaître les espoirs qui étaient nés de cette rencontre. Personne ne savait qui avait tiré. Il n'avait jamais cherché
à savoir. Les coups de feu éclataient de partout quand
Irène avait été touchée. Pauvre Irène, qui n'était venue
ce jour-là que pour lui faire plaisir !... Il se mordit
sauvagement la lèvre.

Pour oublier ce drame, il n'y avait qu'un moyen,
essayer de penser à autre chose. Aussi se concentra-t-il
sur la blonde comédienne qui allait paraître au lever
du rideau. Elle lui avait semblé charmante, dans sa
robe chinoise.

Mais elle était probablement stupide ! Il avait simplement accompagné ses cousins dans les coulisses par
lassitude et était resté par entêtement.

Laurence était assez enclin à s'intéresser aux actrices, séduit par la magie des mots et leur relief dans les

lumières de la scène. Mais Hugo savait d'expérience
qu'une fille qui semble éclatante sous les feux de la
rampe n'était pas nécessairement la même dans la vie.

Il bâilla, ensommeillé par la chaleur et les murmures de la foule.

Enfin, le rideau se leva. Il regarda distraitement les
décors de carton, entendit les voix sans prendre garde
aux mots. Pourquoi n'avait-il pas plutôt rejoint son
club ?

S'était-il endormi ?

La voix de Laurence le ramena à la réalité. Le
décor représentait une forêt touffue. Nicky mit la
main sur son genou.

— N'est-ce pas là notre belle ?

Hugo se redressa, alors que la jeune fille venait vers
l'avant de la scène.

Comme elle illumine tout le décor ! pensa-t-il. Ses
boucles blondes semblaient vivantes, dansant autour de
son visage. Et, ce visage... Un ovale parfait, magnifié
par un intelligent maquillage. Il ne pouvait quitter des
yeux cette silhouette ravissante. Il se souvenait du vert
de ses yeux quand elle l'avait traité d'ivrogne. Il s'efforçait de ne pas perdre un mot et le silence général
prouvait que chacun faisait de même.

Le rideau tomba sur une tempête d'applaudissements. Hugo s'adossa à sa chaise, conscient d'un
étrange envoûtement. Curieux ! Il n'était pas porté au
rêve, pourtant. Il pensait que la vie l'ayant trop blessé,
l'avait rendu froid et dur. Peut-être était-ce un tournant dans son existence, un retour vers quelque bonheur ?

Laurence lui toucha l'épaule et il se retourna.

— Une fille bouleversante ! s'exclama celui-ci, très
excité. Pensez-vous qu'elle viendrait dîner avec nous
si nous l'en suppliions ?

— Vous avez bien entendu ce qu'elle a dit tout
à l'heure ! chuchota Nicky. Elle désire sans doute plus
qu'un dîner. Un ou deux bijoux...

Le rideau se releva une fois de plus. Quand l'actrice

revint sur scène, tout le monde était debout. Elle avait cette qualité surnaturelle qui forçait l'admiration.

Durant l'entracte, quand Laurence lui demanda d'aller faire un tour au foyer, Hugo refusa.

— J'ai sommeil, dit-il paresseusement, sachant qu'il mentait.

Il n'avait jamais été plus éveillé... ses cousins partirent. Des loges voisines arrivèrent quelques œillades, mais il évitait les regards. Il ne désirait penser qu'à la jeune actrice.

Il eut très vite envie de se moquer de lui. C'était une simple attirance physique, pensait-il. Mais il en avait rarement éprouvée ces derniers mois. Après la mort de sa femme Diana, il avait évité les femmes. Plus tard, Irène l'avait attiré par sa douceur, son innocence. Bien que leur mariage eût été arrangé, il n'y avait pas été hostile. Sa grand-mère le pressait de se remarier. La descendance devait être assurée.

— Je laisserai le titre à Laurence, avait-il répondu.

— Il n'est pas de la branche aînée. Il est seulement votre cousin issu de germain, avait répliqué sa grand-mère très aristocratiquement. Et, plus pratiquement elle avait ajouté : Et il n'a aucune fortune...

Hugo avait trente-quatre ans et pas d'enfants. Qu'est-ce que cela pouvait faire ! songeait-il en étirant ses longues jambes. Rien n'importait, sauf les plaisirs simples : passer quelque temps à Londres chaque année, puis retourner à la campagne, monter à cheval et travailler jusqu'à ce que la fatigue vous jette dans le sommeil.

On était en octobre. Il pourrait quitter Londres avant la fin de l'année. Cette fille l'aiderait à passer agréablement ces quelques semaines. Mais il craignait de se fatiguer d'elle très vite, comme il s'était fatigué de toutes les autres, ces derniers temps. Probablement une créature vénale, heureuse d'être couverte de bijoux. Il connaissait cette espèce. Les filles de music-hall, les danseuses, les jeunes actrices...

Quand il en aurait assez, il retournerait à Barrington. Il y serait tranquille. De longues journées de chasse... La paix.

Ses cousins revinrent.

— Venez-vous, Hugo ? Il y a de jolies filles...

Hugo haussa les épaules.

— Ne m'attendez pas. Je ne suis pas d'humeur à me distraire, ce soir.

Quand le rideau se leva pour le dernier acte, Cecilia était plus ravissante encore, dans une robe rose étincelante de pierreries sous les lumières. Hugo n'avait jamais rien vu d'aussi radieux, d'aussi vivant ! Elle était l'amour et la joie, le rire et l'esprit. Une femme fascinante !

Quand elle vint à l'avant-scène pour l'épilogue, souriante, et fit sa dernière révérence, ce fut un délire. Toute la salle était debout pour l'ovationner. Elle sourit gentiment, salua encore, puis quitta la scène sous les acclamations.

Hugo applaudissait encore quand ses cousins l'entraînèrent.

— Vite ! Nous allons à l'entrée des artistes pour la voir et la couvrir de fleurs.

Et Hugo se trouva sautant par-dessus les rangs de chaises, courant comme un gamin. Les marchands étaient là devant leurs éventaires. D'autres groupes attendaient impatiemment. Hugo choisit des roses rouges et blanches, Laurence, des camélias et Nicky des violettes. Les acteurs apparurent d'abord, souriant aux compliments. Puis il y eut une longue attente. Cecilia Trent se changeait, leur dit-on. Une voiture l'attendait. Enfin, elle émergea, dans une longue robe verte et un manteau de velours du même ton, les cheveux recouverts d'une mantille de dentelle blanche, pour se protéger du léger brouillard. Elle souriait, radieusement.

Les trois hommes mirent leurs fleurs dans ses bras et dans ceux de son habilleuse aux cheveux blancs qui la soutenait. De toute part jaillissaient des exclamations. Magnifique ! Soirée inoubliable ! Charmant ! Une étoile est dans notre ciel ! Elle remercia joliment, mais ses mots se perdaient dans le brouhaha des compliments.

L'attelage s'était approché. Elle y fut hissée par des bras vigoureux. Hugo posa sur ses genoux sa brassée de roses et reçut un long regard pensif des yeux verts. Sa légère inclinaison de tête lui apprit qu'elle avait reconnu « l'ivrogne » qui avait un moment plus tôt envahi sa loge.

— Conduisons-la chez elle ! s'écria un des jeunes gens.

Le cheval fut dételé et plusieurs admirateurs, s'installèrent entre les brancards, tirèrent l'attelage le long des rues pavées. Les becs de gaz éclairaient les rires, les visages animés. Les passants applaudissaient quand ils reconnaissaient la jeune actrice, à demi recouverte de fleurs.

Hugo fut rapidement atteint par le délire général. Il s'attela à son tour à la voiture tandis que Nicky se mettait à chanter, comme les bateliers sur la Volga. Hugo, lui, était encore dans la forêt d'Arden, vivant un rêve avec une créature enchantée. Et il lui était reconnaissant de pouvoir oublier momentanément ses multiples chagrins. Il avait presque oublié que sa vie était à jamais gâchée et qu'il avait souvent souhaité mourir...

Ils arrivèrent dans une rue étroite. Cecilia avait retiré sa mantille et la lumière de la rue éclairait ses boucles blondes d'un bel éclat, tandis qu'elle quittait la voiture et montait les quelques marches de son perron.

Il y eut des murmures dans sa suite improvisée.

— Ne nous direz-vous pas un mot ? Ne dînerez-vous pas avec nous ?

Hugo, debout parmi les jeunes gens, leva les yeux vers la lumière venant de la porte ouverte. Un valet tenait une lampe derrière sa maîtresse qui semblait ainsi nimbée d'or.

Elle se retourna et sourit.

— Merci à tous, dit-elle de sa voix claire. Vous avez été si gentils ! Mais je suis fatiguée. Pardonnez-moi. Je dois me reposer maintenant. Bonne nuit ! Je suis si heureuse que vous ayez apprécié cette soirée !

Là-dessus, la porte se referma, définitivement. Le cheval fut attelé de nouveau et emmené vers son écurie. Désappointés, Laurence, Nicky et les autres se dirigèrent vers l'auberge la plus proche pour boire et jouer jusqu'à l'aube. Mais Hugo s'attarda encore, incapable de revenir à la réalité.

Bien que la déesse en fût absente, la nuit avait gardé son enchantement. Il était seul maintenant, étrangement apaisé. Il se demandait ce que la jeune actrice faisait au même moment. Montait-elle à sa chambre avec ses fleurs dans les bras ? Entrait-elle dans une pièce accueillante pour se laisser déshabiller, la tête un peu penchée par la fatigue ?

Il sentit son sang courir plus vite à cette évocation. Et c'était bien inhabituel. Il n'avait jamais éprouvé cela, même avec Irène. Pour elle, il avait eu de la tendresse et de la pitié. Quant à son amour pour Diana, il avait plutôt ressemblé à une aliénation, violente et pénible.

Quand il fut de retour chez lui, il s'installa dans son bureau et se versa un sherry. Puis il s'assit devant le feu, tournant rêveusement son verre entre ses doigts. Ensuite, il alluma un cigare, le fuma entièrement. Bien qu'il fût très tard, il n'éprouvait aucune envie de dormir.

Dès le premier instant, songeait-il, il l'avait devinée exactement comme elle était : solitaire, intelligente, hautaine. Maintenant, il voulait franchir cette barrière de dédain, briser cette hauteur, l'obliger à s'intéresser à lui, dissiper cette froideur des yeux verts... Il s'endormit enfin en pensant à elle.

Il se leva très tôt et fit le tour des boutiques. Enfin, il trouva ce qu'il cherchait : une énorme botte de violettes, encore humides de rosée, dans un joli panier d'osier. Il irait lui-même le porter jusqu'à sa porte. Avec un mot.

Ce fut d'ailleurs avec quelque mal qu'il composa son billet.

« *Chère mademoiselle Trent.*

« *Vous m'avez fortement ému hier soir. A cause de votre beauté, de votre talent ; pendant un court moment j'ai aussi vévu dans la forêt d'Arden, au milieu du monde féerique que vous y aviez créé. J'aimerais rencontrer Rosalind encore...*

« *Puis-je, s'il vous plaît, vous appeler ? J'attendrai votre réponse avec une grande anxiété. Pardonnez mon intrusion injustifiable. Si j'avais su qui vous étiez, si je vous avais plus vite devinée, je ne me serais jamais permis d'être aussi peu correct. Pardonnez-moi et donnez-moi une autre occasion de vous voir.* »

Hugo Kinnaird.

Etait-ce assez flatteur ? Il pensait tout ce qu'il lui avait écrit. Mais était-ce suffisant pour la satisfaire ? se demandait-il en scellant sa missive de son cachet.

CHAPITRE II

Cecilia frissonnant malgré sa chaude robe de chambre, appuya son front contre la vitre et regarda la nuit. Cette première soirée avait été un réel succès, pensait-elle. Les journaux du matin le confirmeraient sans doute.

Comme l'imprésario avait donc été bon pour elle ! Quand il avait voulu l'engager dans le théâtre dont il était directeur, il s'était montré très compréhensif lorsqu'elle lui avait dit qu'il lui était impossible de quitter la petite troupe de son père. Comme elle y jouait les rôles principaux, sans elle, tout s'effondrerait. Elle ne pouvait donc pas les laisser mourir de faim... Non ! Pas même sa belle-mère, qui avait été si horrible avec elle !

Brayton avait trouvé des rôles pour eux tous dans sa compagnie. Cela ne s'était pas fait sans grincements de dents, mais...

La première, May avait abandonné le théâtre, déclarant qu'elle se sentait trop âgée. A ce moment, Cecilia avait déjà acheté sa petite maison. Elle prit May comme habilleuse et confidente. Elles s'entendaient merveilleusement bien.

Cecilia adorait sa maison. Elle se vantait en riant d'apercevoir la Tamise, de sa chambre, par-dessus les toits. Le soir, quand elle était chez elle, elle s'amusait parfois à suivre la lente progression de l'allumeur de réverbères et les petites flammes qui, tout au long de son chemin, s'allumaient comme un collier de gemmes, au crépuscule.

Ses pensées revinrent à la représentation. Le deuxième acte avait été un peu lent. Elle en ferait la remarque à M. Brayton. A demi-endormie, elle revit l'intrusion des jeunes gens dans sa loge. Le regard sombre du plus grand d'entre eux la hantait.

Rêveusement, elle traça son prénom sur la buée de la vitre. Cela lui rappela le temps où, enfant, elle restait assise dans quelque grenier glacé, attendant ses parents pendant la représentation quotidienne. Généralement, elle les accompagnait, mais à cette époque elle avait dû être souffrante.

Un soir, elle avait demandé à sa mère ce qu'il advenait des héros après la fin de la pièce. Maman avait ri.

— Mais rien, chérie. Nous nous déshabillons et reprenons notre vie de tous les jours...

Cecilia avait été étrangement déçue. Adulte, elle avait encore un gentil sourire pour l'enfant si naïve qu'elle avait été. Mais pourquoi se sentait-elle si mélancolique, tout à coup ? Parfois, il lui semblait qu'elle ne vivait réellement que durant le temps d'une représentation.

Elle finit par s'endormir alors que les cloches sonnaient l'angélus du matin. C'est l'odeur du thé qui l'éveilla.

— Les journaux sont excellents, sans exception, chérie, lui dit May.

Elle avait très réellement dit adieu à sa vie personnelle et ne vivait plus que pour le bonheur et le succès de Cecilia.

— Nous en avons pour tout l'hiver, ajouta-t-elle joyeusement.

Car l'hiver était toujours le grand souci des gens de leur métier.

— Oui, je le crois aussi, répondit Cecilia. Et de qui sont toutes ces lettres ?

May eut un sourire en les montrant.

— Des lettres d'admirateurs, ma chère. Ils demandent tous à vous revoir... en privé. Tiens ! Une lettre du marquis... Une lettre d'un duc. Un vrai duc, ma chère ! Je me suis déjà renseignée. Un fou du théâtre. L'an dernier il courait après Laurie Taylor.

Cecilia pouffa.

— Oh ! Celui-là ? Il est énorme et rouge comme un rosbif !

— Mais c'est un duc, chérie. Et il demande à vous parler. Si vous jouez bien vos cartes, il peut vous faire quelques très jolis cadeaux. Vous manquez de bijoux. Il serait temps d'y penser.

Cecilia lui rendit la lettre avec un regard de reproche. Il lui était difficile de cacher son dégoût pour ces sortes d'aventures. Elle savait pourtant que, plus tard, elle risquait d'être dans la misère. En tous cas, de devoir se contenter de peu. May voulait simplement qu'elle devienne un peu plus réaliste...

Mais, maintenant, elle était jeune, brillante... et populaire. Elle n'avait que faire des cadeaux. Et elle bénissait son indépendance.

— Vous n'avez même pas lu la lettre du marquis ! Et je vais vous apporter ses fleurs. Des violettes comme vous les aimez.

— Que faisons-nous de tous ces messages ?

— Oh ! J'y répondrai demain ! soupira Cecilia.

Le soir, la pièce eut le même succès. Les mêmes groupes enthousiastes se retrouvèrent à la sortie des artistes, mais Cecilia s'arrangea pour fuir par une autre porte. Elle n'avait envie de voir personne, elle avait terriblement sommeil.

Elle dormit merveilleusement et s'éveilla tôt le lendemain. Le facteur apporta d'autres messages.

— Je suppose que je ferais mieux d'en recevoir quelques-uns, soupira-t-elle.

Elle fit ses invitations après le petit déjeuner et les envoya par un commissionnaire. Puis, riant intérieurement, elle ordonna le thé pour quatre heures, avec quelque brandy et des vins légers.

— May, vous mettrez votre robe violette et j'enfilerai ma toilette lavande, dit-elle ensuite joyeusement.

May la regarda avec suspicion.

— Lequel recevrez-vous d'abord ? demanda-t-elle curieusement.

Quand Cecilia avait ce regard malicieux, elle n'était pas tranquille.

— Cinq en même temps, dit la jeune actrice légèrement.

Puis, elle éclata de rire devant le regard horrifié de May.

C'était une petite plaisanterie qui égaierait sa journée. Elle se demanda si tous viendraient. Le gros duc, le marquis hautain, le timide Lord Bobby Richardson, et les deux autres. Il serait intéressant de voir leurs réactions, quand ils seraient face à face. Elle aurait rempli ses obligations sociales et donné une leçon à tous, espérait-elle.

May entra dans sa chambre à quatre heures, ronde et gaie dans sa robe mauve.

Cecilia l'embrassa de bon cœur.

— Vous êtes charmante ainsi, May.

— Bon ! Mais vous serez aimable, Cecilia, n'est-ce pas ? Vous savez, chérie, qu'il faut prévoir de moins bons jours. Vous devriez avoir déjà un petit capital. Ne pas tout dépenser pour votre père !

— Je sais, May, je sais. Mais maintenant, il va toucher de plus gros cachets. Il aura moins besoin de moi.

May la regarda avec scepticisme.

— Je suis sérieuse, réellement. Je vais pouvoir commencer à faire des économies pour plus tard.

— Je ne pensais pas exactement à cela, avoua May. Je pense qu'il serait temps de vous choisir un protecteur...

Cecilia se raidit.

— Je saurai prendre soin de moi-même.

Et May comprit qu'il était temps de changer de sujet.

Délibérément, la jeune actrice attendit un quart d'heure avant de pénétrer dans son salon. Il était meublé simplement, avec des draperies ivoire aux fenêtres et quelques fauteuils tendus d'un tissu vert et or. Cecilia avait vécu dans le théâtre, pratiquement toute sa vie. Elle savait que les décors les plus simples savent mieux que les autres mettre en valeur les acteurs qui s'y meuvent. Et elle avait appliqué le système dans sa propre maison.

Comme elle entrait dans la pièce, tous les visiteurs se levèrent d'un même mouvement. Elle les avait entendus discuter assez peu amicalement avant son arrivée et un sourire malicieux se dessinait sur ses lèvres quand elle s'arrêta sur le seuil.

— Bonsoir, Messieurs, dit-elle de sa voix la plus douce, et elle tendit sa main au duc.

Le visage de celui-ci rougit encore, ce qui aurait pu paraître impossible. Il s'inclina vers la main tendue et la baisa dévotement. Cécilia se dirigea alors vers le marquis. Il hésita et, pendant quelques secondes, elle crut qu'il allait éclater de rire. Puis, elle sentit ses lèvres caresser ses doigts. Sa bouche était brûlante. Quand il se redressa, il plongea son regard sombre dans ses yeux et elle ressentit comme un choc.

Rapidement, elle salua les derniers visiteurs puis s'assit gracieusement sur le canapé.

— Comme c'est aimable à vous tous d'être venus me rendre visite, déclara-t-elle avec une gravité moqueuse.

Ses yeux malicieux allaient de l'un à l'autre de ses hôtes, qui tous, visiblement, attendaient que les voisins quittent la pièce...

— Je pensais que vous me recevriez seul, se hasarda enfin à dire Bobby Richardson, en rougissant. Votre mot disait que vous auriez plaisir à *me* voir.

— C'est la vérité, dit Cecilia avec son plus charmant sourire. Vos fleurs ont toutes été si agréables à recevoir, vos compliments, si merveilleux à entendre et à lire. J'en ai été ravie et je tenais à vous le dire, à tous.

Lord Bobby paraissait boudeur, mais le marquis semblait pensif et grave. Les autres, visiblement furieux. May tendait les verres à la ronde avec nervosité, comme si sa vie en dépendait.

Cecilia se sentait confiante. Elle savait qu'elle était charmante. Si seulement le marquis voulait bien ouvrir la bouche...

Au même instant, comme s'il avait entendu son souhait, il dit de sa voix grave :

— Votre portrait de Rosalind m'a frappé comme étant davantage dans le style de la Restauration que de la Renaissance. Dites-moi, comment vous en êtes arrivée à ce choix ?

A partir de ce moment, la conversation s'anima tandis que Cecilia développait ses arguments. Gaiement, ils burent leur thé ou leur brandy, mangèrent des gâteaux, discutèrent, et profitèrent enfin de leur visite, de l'esprit de leur hôtesse et de son charme.

Une heure passa ainsi, puis, une autre. Elle bavardait avec eux. On parla voyages. Le marquis connaissait presque le monde entier. Elle écoutait ses descriptions avec plaisir.

Une heure encore s'écoula et Cecilia revint brusquement aux réalités sur un petit signe de May.

— Oh ! Je vais être en retard pour la représentation.

Elle se leva et ses hôtes l'imitèrent, mais il fallut encore un bon quart d'heure pour qu'ils s'en aillent. Il semblait que chacun attendît que les autres prennent les devants...

Finalement, il ne resta que le marquis. Elle trouva difficile de lever les yeux vers lui.

— Monseigneur, il semble que je doive, une fois de plus, vous demander de partir... bien que nous soyons aujourd'hui en meilleurs termes. Ma voiture attend déjà.

— Appelez-moi Hugo. dit-il brusquement, avec un sourire inattendu en la regardant.

— S'il vous plaît, monsieur...

Il sourit de nouveau.

— Appelez-moi Hugo et je partirai... pour revenir demain...

Cette audace la fâcha.

— Je n'ai pas dit que vous pourriez revenir demain ! (Puis, plus aimablement, elle ajouta) : Je suis très occupée.

Finalement, elle le conduisit vers la porte, et, riant, il se laissa faire.

— Au revoir, mademoiselle Trent. L'après-midi a été trop court. Il a passé comme un rêve.

Quand le domestique eut refermé la porte sur lui, Cecilia se sentit en quelque sorte délivrée, bien qu'étrangement troublée.

« L'appeler Hugo, vraiment... murmura-t-elle, en mettant son châle.

A neuf heures exactement, elle était dans la coulisse, mais elle ne savait comment elle s'était glissée dans sa robe. Elle ne fut pas couchée avant deux heures, mais elle dormit jusqu'à midi, heure à laquelle May lui porta son thé.

— Oh ! Quelle nuit, grogna-t-elle. Souvenez-vous que je ne veux plus jamais recevoir de visite en semaine.

May avait un sourire éclatant.

— Vous changerez peut-être d'avis, chérie, quand vous aurez vu ce que je vous apporte.

Elle plaça un énorme bouquet de violettes sur le lit. Cecilia y enfouit son visage, avec délices, puis se redressa brusquement.

— May... Qu'est-ce que ?...

Au centre du bouquet, il y avait deux joyaux, des boucles d'oreilles d'un vert de mer. Cecilia retint sa respiration.

May se pencha, le regard critique.

— Ravissantes !... Et je crois bien que ce sont de vraies émeraudes. Je les ferai expertiser, chérie.

— Oh May ! dit Cecilia, choquée et amusée par l'esprit pratique de sa confidente.

« *Emeraudes,* disait la carte de Hugo... *Evidemment ! Assorties à vos yeux. Viendrez-vous prendre le thé chez moi demain ?*

May, avec un regard de côté, s'apprêtait à quitter la pièce. Cecilia se recoucha, les splendides bijoux dans sa main. Il lui faudrait payer ces pierres, se dit-elle soudainement. Mais elle ne le ferait certainement pas.

— May, vous allez les renvoyer s'il vous plaît, aujourd'hui.

— Allons ! Vous n'êtes pas sérieuse, mon enfant !

— Et faites-lui dire, May, que prendre le thé avec lui me sera très agréable.

*
* *

Lady Amanda Fraser gravit comme une ombre l'étroit escalier de service jusqu'à la nursery. Dans le vestibule sombre, elle s'arrêta, pensant au passé. Elle se souvenait du jour où elle avait monté ce même escalier avec son mari pour décider de sa décoration.

James ! Comme il avait été heureux, exalté comme un gamin, à l'idée de devenir père. James...

Elle serra les lèvres, sa jupe noire bruissant autour d'elle quand elle franchit le seuil. Une enfant, jouant devant le feu, bondit sur ses pieds et courut vers elle.

La petite Peggy entoura sa mère de ses bras et leva ses yeux sombres vers elle.

Amanda s'assit dans le rocking-chair et prit sur ses genoux la petite fille de trois ans. Sa main, doucement, caressa les boucles brunes soigneusement coiffées, semblables aux siennes. Si attentive qu'elle fût, elle ne trouvait pas la moindre trace de James dans ce visage mince, tourné gravement vers elle.

— As-tu été très sage, chérie ? demanda-t-elle automatiquement.

Peggy était toujours sage. Trop sage ! Allant sans bruit d'un jouet à l'autre ou s'asseyant pour bercer ses poupées.

— Maman, vous êtes belle !

— Nous avons du monde aujourd'hui, chérie.

Elle soupira. Elle aurait tant voulu qu'ils soient tous revenus à la campagne où elle pouvait faire de grandes promenades, à pied ou à cheval aux environs de Barrington.

Ici, à Londres, c'était un défilé ininterrompu d'invités.

— Je peux venir, maman ?

— Non, chérie. Ce sont toutes des grandes personnes.

Encore une fois, elle avait répondu automatiquement et le visage de l'enfant s'était assombri.

Un peu plus tard, elle déposa Peggy **à terre,** l'embrassa, et quitta la pièce, sans un regard en arrière. L'enfant retourna à ses poupées et berça sa préférée dans son propre rocking-chair.

Dans le grand salon, Amanda vérifia les vases de fleurs, redressa quelques tiges, espérant inconsciemment voir les beaux vases anciens de jade qui avaient longtemps été l'ornement de la vaste cheminée. Ces vases lui manquaient encore. A leur place il y avait une coupe de roses.

Elle se détourna au moment où sa grand-mère entrait, s'appuyant lourdement sur sa canne à pommeau d'ivoire. Ses yeux noirs étaient encore vifs sous les sourcils blancs, les cheveux neigeux étaient coiffés très haut au-dessus de l'élégante robe de soie gris perle. A côté d'elle, Amanda semblait une ombre, une fragile silhouette dans sa robe noire. Quand la jeune femme s'avança pour donner le bras à l'aïeule, on pouvait se demander qui soutenait l'autre, en dépit de la canne.

— Qui attendons-nous aujourd'hui ? demanda la vieille dame.

— Quelques-unes de vos amies, grand-mère. La duchesse douairière d'Arundell et sa sœur, lady Dorset, madame Jessel, aussi.

— Verrons-nous Hugo ?

— Pas de jeunes femmes pour lui tenir compagnie ?

Son expression s'était considérablement adoucie depuis qu'il était question de Hugo, son petit-fils favori. Elle ne vivait plus que pour voir tous ces garçons se marier et assurer la descendance.

— Je ne sais pas, grand-mère. Je crois qu'il voit en ce moment une jeune actrice de la troupe de monsieur Brayton. Je les ai vus, faire du cheval ensemble hier matin, dans le parc.

La douairière fronça les sourcils.

— Une actrice ? J'aimerais qu'il se tourne vers des relations plus sérieuses. Dieu sait qu'il y en a beaucoup autour de lui. C'est Laurence qui le présente généralement à des femmes de ce genre. Elles ne désirent que l'argent et le titre !

Le premier invité interrompit leur conversation, et Amanda, fort occupée par ses devoirs de maîtresse de maison fut très étonnée quand le valet introduisit le marquis de Cleveland, accompagnant sa tante. Elle ne l'attendait pas.

Gilbert s'inclina en murmurant des excuses pour être venu sans invitation.

— Hugo m'a parlé de cette réunion, hier, et m'a suggéré de me joindre à vous.

— Vous êtes toujours le bienvenu ! dit-elle calmement, lui confiant une tasse de thé pour sa tante. Prendrez-vous du thé ou du brandy ? Ou... oui, Hugo a un excellent sherry. Vous l'aimerez.

— Du sherry, alors...

Il s'attarda auprès d'elle, robuste, solide, avec ses yeux très francs d'un gris assez inhabituel. Ce n'était pas un homme élégant, pensa-t-elle comme il s'éloignait. Plutôt un aigle qu'un paon... Elle eut un petit sourire en songeant à son regard d'acier. En fait, il n'y avait rien de doux et de tendre en Gilbert. Jamais,

en tout cas, depuis la mort de sa femme, quelques
années plus tôt.

— Hugo était avec une femme quand je l'ai rencontré. Une très jolie fille. Une certaine Cecilia Trent.
La connaissez-vous ?

— Pas encore, répondit Amanda. Elle ne précisa
pas que Hugo n'avait pas l'habitude d'amener ses
conquêtes dans la famille.

— Etonnant ! reprit Gilbert. Elle ne me paraît pas
du tout son type. Plutôt froide, en dehors du théâtre,
semble-t-il.

Un moment, il regarda Amanda verser le thé,
puis dit, avec un reproche gentil dans la voix :

— Encore en noir ? Il y a plus d'un an maintenant ! Quand vous déciderez-vous à porter des couleurs. Le noir n'est pas fait pour vous !

Amanda était furieuse...

— Ce que je porte ne vous concerne pas, dit-elle
sèchement.

— Vous n'avez pas besoin de vous fâcher ! J'ai
quinze ans de plus que vous. Je peux donc me permettre de vous donner un conseil. Non ?

— Même Hugo n'oserait pas...

Gilbert s'inclina, moqueur.

— Je peux toujours continuer à penser que vous êtes
mieux en rose, ou dans cette toilette jaune que vous
portiez à l'Opéra, il y a deux ans.

Amanda se mordit la lèvre. Il lui rappelait de
cruels souvenirs. Elle avait été si heureuse cet hiver-
là. Un beau bébé ! Son mari vivant et riant à son
côté... Maintenant, sa vie semblait suspendue. Plus
rien n'importait. Le malheur les poursuivait, Hugo
et elle. James et Irène avaient été tués tous deux dans
un accident de chasse. Amanda n'avait que vingt-trois
ans, mais elle se sentait vieille !

Gilbert avait cessé d'attendre une réponse. Il s'éloigna. Il y eut un petit appel d'air du côté de la porte,
et Cecilia Trent fit son entrée... Radieuse ! pensa
Amanda. Elle portait une robe bleue et or qui mou-
lait son corps mince et racé. Son menton, haut levé,

ses yeux scintillants de joie à une réflexion que Hugo venait certainement de lui faire, elle était adorable !

Tous les hommes se levèrent.

Hugo venait derrière elle, un Hugo différent, pensa immédiatement sa sœur avec étonnement. Son visage était animé, ses yeux n'avaient plus ce regard vide qui faisait mal à ceux qui l'aimaient.

Il posa sa main sur le bras de sa compagne et se tourna vers sa grand-mère. Amanda nota le regard appréciateur de la vieille dame sur l'arrivante.

« Pourvu qu'elle ne rende pas les choses trop difficiles ? pensa Amanda. Hugo n'a jamais été aussi heureux depuis longtemps... Qu'on lui laisse son petit plaisir sans le lui gâcher... »

Hugo présenta la jeune fille à Amanda qui mit avec plaisir sa main dans la sienne. Quelle était jolie, et si jeune ! Elle était à peine fardée et n'en avait du reste aucun besoin. Son teint était de la transparence de celui de Peggy, et ses yeux aussi clairs...

— Je suis bien heureuse de vous connaître. Tout Londres parle de vous. Hugo m'a promis de m'emmener bientôt voir... Rosalind.

Cecilia sourit spontanément, ses yeux brillèrent encore davantage.

— Aimez-vous le théâtre ? demanda-t-elle.

Et sa voix était comme une musique ou un joli poème.

— Je l'aime beaucoup, mais je n'y suis pas allée depuis longtemps. Hugo, vous m'avez promis...

— Evidemment, nous irons. J'aimerais que vous soyez amies, Cecilia et vous, dit Hugo, d'une voix jeune et animée.

Gilbert demanda à être présenté. Apparemment, il avait déjà vu la jeune comédienne plusieurs fois et Mlle Trent parut heureuse de la qualité de ses observations.

Après les présentations, elle accepta une tasse de thé, s'installa avec aisance à la place que Hugo lui indiqua près d'Amanda.

Ainsi Hugo l'avait amenée pour la présenter à la

famille, songeait Amanda en versant machinalement le thé. Ses projets étaient donc sérieux ?

Plus tard dans l'après-midi, Gilbert vint vers Amanda.

— Magnifique ! murmura-t-il à son oreille. C'est rare autant qu'agréable de songer qu'une comédienne qu'on a admirée à la scène soit une aussi parfaite lady dans un salon.

— Elle est ensorcelante, dit Amanda calmement.

Elle regardait la toilette élégante de Cecilia, se demandant depuis combien de temps elle n'avait pas eu envie d'être vêtue de cette façon... Depuis...

A cet instant, Cecilia eut un rire heureux et Amanda sourit involontairement en réponse. Le rire était si joyeux ! Comme celui d'un enfant... Peggy adorerait Cecilia.

Gilbert aussi étudiait la jeune fille, mais avec moins de générosité. Il avait souvent constaté que, derrière un ravissant visage, se cachait fréquemment une âme assez basse. Il en avait été ainsi de sa propre femme, la splendide Eleonor... Deux mois à peine après leur mariage, il s'était durement, péniblement éveillé de son beau rêve. Eleonor avait été surprise dans sa propre chambre avec un des valets. A partir de ce jour, elle n'avait plus jamais été sa femme, et avait couru d'aventures en aventures de plus en plus sordides. Il avait caché cette honte, à ses amis et relations. Eleonor était adroite, et avait consenti à la discrétion en échange d'une complète liberté.

Elle était morte dans le naufrage du bateau qui l'emmenait en Sicile avec son dernier amant. Sa disparition avait été pour lui une délivrance.

Le regard de Gilbert se détourna de la brillante Cecilia et se fixa sur la sombre et triste silhouette d'Amanda. Elle avait l'air d'une enfant sage et triste, injustement punie par la cruauté de la vie. Et qui risquait de souffrir encore. Il se demanda si quelqu'un pourrait la tirer de cette mélancolie. Même sa charmante Peggy en était incapable.

Il avait connu Amanda enfant. Il se souvenait

d'elle en tablier, dessinant consciencieusement devant
le feu, ses boucles s'échappant toujours du ruban
rose. Il se souvenait de son radieux bonheur quand
elle avait épousé James, des regards dont elle le cou-
vait. Gilbert avait pensé alors : la voilà sauvée, la
voilà enfin heureuse. Mais que penser de cette Cecilia ?
Elle pouvait parfaitement ne vouloir de Hugo que le
titre et la fortune ?

Amanda, inconsciente des regards de Gilbert, suivait ses propres pensées... Les invités, aujourd'hui,
restaient plus longtemps que d'habitude.

Finalement, Cecilia se leva et alla s'excuser auprès
de la grand-mère de Hugo.

— Je dois aller me préparer pour la représentation de ce soir. J'ai eu grand plaisir à vous rencontrer, madame.

La marquise murmura une courte mais convenable réplique, et continua sa conversation. Cecilia se
tourna alors vers Amanda d'une façon plus sponta-
née et lui sourit.

— Hugo et vous... vous ressemblez, dit-elle doucement.

— Oui, c'est vrai. Mais il est plus sûr de lui. Les
hommes ne le sont-ils pas toujours ? ajouta-t-elle
pensivement.

Cecilia approuva et une ombre légère voila son
visage. Puis elle sourit de nouveau.

— C'est aimable à vous de n'avoir pas fait obstacle
à ma visite.

Amanda se garda de signaler que Hugo avait
omis de la prévenir.

— Il est chez lui ici, répondit-elle simplement. Et
nous sommes heureux de connaître ses amis.

Une vieille douairière se leva à ce moment.

— De mon temps, dit-elle sèchement, les actrices
n'étaient jamais reçues dans le monde.

Heureusement, Hugo qui parlait avec une voisine
de campagne de difficultés de fermage, n'entendit pas
la remarque acide qui n'échappa point à Gilbert et
Amanda.

Celle-ci vit Cecilia pâlir et reculer, une incertitude enfantine sur son beau visage.

— Je vous demande pardon, madame, mais elles le furent toujours, répondit-elle avec esprit. J'ai entendu dire combien d'acteurs et d'actrices étaient appelées chez votre bien-aimée reine Victoria pour lui lire des poèmes.

— Eh bien, ma chère, je n'aurais jamais pensé vous entendre me parler avec autant d'impertinence !

— Je dois partir, répéta Cecilia et elle fit signe à Hugo qui s'approcha immédiatement.

— Je vous remercie de m'avoir reçue, dit-elle avec un sourire poli, bien que son regard fût encore douloureux.

Puis elle fit un départ royal, la tête bien droite, le menton volontaire.

*
**

Le lendemain, Amanda faisait une promenade à cheval dans le parc, tout en songeant aux événements de la veille. Aujourd'hui, elle laissait la bride sur le cou à sa jument, distraite par ses pensées.

Soudain, il y eut un cavalier à sa hauteur ; et un chapeau se souleva. Elle glissa les yeux pour rencontrer le regard gris de Gilbert.

— Bonjour, ma chère. Ainsi, vous aussi aimez les promenades matinales ?

— Oui. Comment allez-vous ?

Il semblait un peu raide sur son cheval, pensat-elle. C'était réellement un seigneur de la campagne, correct dans son costume de tweed, la cravache sous le bras, un cheval solide sous lui.

— Je me sentirais beaucoup mieux si vous consentiez à porter autre chose que du noir, dit-il avec un clin d'œil malicieux.

Amanda commençait à être sérieusement agacée par son insistance. Le rouge était monté à ses joues.

— C'était très bien de votre part de voler au secours de cette jeune actrice, hier, continua-t-il. Mais,

si j'étais vous, je garderais mes bons sentiments jusqu'à ce que je sois sûre que la cause en vaut la
peine...

La jeune femme pinça les lèvres sans répondre.
Réellement le marquis de Cleveland devenait assom-
mant. Et, comment pouvait-il condamner quelqu'un
qu'il ne connaissait pas !

— Pour ce que j'en sais, continua-t-il, les actrices
sont généralement tout à fait prêtes à accepter tous les
cadeaux : or ou pierreries. Evidemment, il n'y a
pas qu'elles...

Elle se tourna vers lui, furieuse.

— Franchement, monsieur, je monte le matin de
bonne heure pour me promener seule. Et si je désirais être accompagnée, je demanderais à un de mes
amis de partager ma promenade.

Sur ces paroles, elle lança son cheval au galop,
très droite sur sa selle, consciente du regard qui la
suivait.

Peut-être retournerait-elle à la campagne avec
regret. Toutes deux y étaient beaucoup plus heureuses. Quel homme mal élevé, ce Gilbert ! Rude et
cynique. Elle l'avait toujours considéré comme fort
intelligent, mais cela ne pouvait excuser son inso-
lence.

Elle pensa à James, si bon, si attentif et aimant.
Les larmes lui montaient aux yeux et elle voyait à
peine son chemin.

Cecilia et Hugo seraient-ils plus heureux qu'elle ?
Les Kinnaird domineraient-ils leur malchance ? Elle
se sentit plus solitaire que jamais.

CHAPITRE III

Henry Brayton s'appuya au dossier de sa chaise capitonnée et ajusta son monocle. Cecilia, assise devant sa coiffeuse, rectifiait son maquillage.

— Dans la deuxième scène, dit-il distraitement, il me semble qu'il faudrait trouver quelque chose. C'est un peu trop lent. Qu'en pensez-vous, Cecilia ?

Elle approuva d'un signe de tête.

— Vous avez tout à fait raison.

Elle lui avait parlé en lui souriant dans le miroir. Il lui sourit à son tour puis il se leva et commença à parcourir la pièce de long en large. Il pensait au spectacle suivant.

— La première aura lieu juste après Noël, dit-il en caressant sa moustache de sa main grassouillette. Une charmante comédie ferait l'affaire. Après quoi, nous pourrions jouer une pièce d'Ibsen, Maison de Poupée, par exemple.

Elle bondit et, spontanément, jeta les bras autour du cou de son directeur.

— J'ai toujours rêvé de jouer le personnage de Nora ! Me donnerez-vous le rôle ?

— Nous allons y penser, dit-il avec une petite tape sur les épaules de sa charmante interprète.

On frappa à la porte de la loge que May entrouvrit.

— Seigneur Dieu ! Entrez, Monseigneur !

Hugo Kinnaird pénêtra vivement dans la pièce. Cecilia le regarda, étonnée. Il n'était jamais revenu dans les coulisses depuis un certain soir...

Henry haussa les sourcils en direction de May, soupira, et s'apprêta à quitter la pièce.

— Oh ! Ne partez pas encore, monsieur. Nous avons à discuter de tant de choses !

— Demain, mademoiselle Trent, promit-il, d'un ton très officiel.

May ferma la porte sur lui et se retira derrière le paravent pour préparer la robe de Cecilia. Hugo dit, ardemment :

— Il y a des semaines que je ne vous ai vue.

Elle s'assit sur le tabouret de la coiffeuse, évitant son regard. Bien qu'elle ait été vraiment très occupée, il était exact qu'elle l'avait évité. Quand elle était avec lui, elle ne savait jamais si elle avait envie de se jeter dans ses bras ou de le fuir. Nerveusement, sa main commença à retirer son maquillage de scène. Il se tenait derrière elle, suivant chacun de ses mouvements.

— Mais, Hugo je vous avais prévenu. Je ne pouvais vous voir avant dimanche. Nous avons quantité de répétitions, et ces dernières nuits...

— Oui, je sais. Vous dormez jusqu'à midi, vous ne me permettez pas de partager votre petit déjeuner, vous êtes trop fatiguée pour prendre le thé avec moi. Vous ne soupez pas. Vous jouez, puis vous ne m'autorisez pas à nous emmener dîner. Préféreriez-vous que je ne vienne plus ?

Elle s'était mise à rire. Mais le visage de Hugo ne s'en éclaira pas pour autant. Il semblait réellement très fâché. Elle soupira :

— Non, Hugo. Je désire votre compagnie. Mais...

— Alors, pourquoi envoyez-vous May me prévenir que vous êtes trop fatiguée ?

— Je dois dormir davantage, oui.

— Alors, laissez-moi monter et vous regarder dormir !

— Hugo !

Elle s'essuya le visage. May sortit de derrière le paravent.

— Votre robe est prête.

Cecilia se leva et passa derrière le paravent. May fit glisser la robe sur elle. Puis elle se mit à boutonner les innombrables petits boutons qui fermaient le corsage.

— Dînez avec moi, implora Hugo à travers l'obstacle qui les séparait. Nous bavarderons deux heures et je vous ramènerai.

— Mais, je déteste me montrer en public quand j'ai l'air fatigué !

Elle était réellement lasse, mais aussi préoccupée, car elle se posait de multiples questions sur Hugo. Que pensait-il d'elle, vraiment ? Il l'avait présentée à sa famille. Etait-ce simplement parce qu'elle le flattait, parce qu'il la jugeait décorative ?

Hugo reprit rapidement, plein de son projet :

— Vous ne verrez personne. C'est un charmant petit restaurant, très discret et...

— Je n'irai certainement pas seule avec vous dans un endroit pareil, protesta-t-elle.

— Madame Endicott vous accompagnera. Ainsi personne n'aura rien à dire. Cecilia, s'il vous plaît...

Le ton n'avait rien d'impératif, il était suppliant.

— Peut-être pour une fois... Mais vous devrez me ramener de bonne heure. Promis ?

— Vous pourrez dormir sur mon épaule dans la voiture ! dit-il, très heureux, comme elle reparaissait, prête. Sa robe de soie verte bruissait à chaque pas. Une écharpe dorée l'enveloppait comme un halo lumineux.

Il lui tendit les boucles d'oreilles d'émeraude qu'il avait placées sur la coiffeuse.

— Portez-les au moins ce soir. Pour me faire plaisir.

Dans le miroir, leurs regards se rencontrèrent

tandis qu'elle ajustait les bijoux à ses oreilles. Il y avait dans les yeux de Cecilia beaucoup de timidité, une question dans ceux de Hugo et, chez tous les deux, une hésitation, une espèce de perplexité. Quel chemin prenaient-ils ?

La foule s'était dispersée quand ils sortirent par la porte des artistes. La voiture attendait. Un attelage élégant, avec le blason des Kinnaird. May était déjà installée dans un angle quand Hugo hissa Cecilia, de ses mains puissantes.

Il était plus de minuit. La nuit était calme, sereine. Londres semblait en attente, muet, attentif.

Hugo prit sa main dans la sienne et la déganta doucement. Elle sentit ses doigts caresser les siens. Elle devinait qu'il souriait, malgré l'obscurité. A la lueur d'un réverbère, elle vit son visage tourné vers elle et la ligne blanche de ses dents.

Le silence était difficile à supporter.

— Je crois... je crois que je vais jouer bientôt Nora, de « Maison de poupée »...

— Vraiment ?

Il éleva son poignet jusqu'à ses lèvres et tous deux se turent. Il remua un peu, fouilla dans une poche et elle sentit quelque chose de froid et de dur s'enrouler autour de son poignet.

— Oh ! Hugo... Qu'est-ce que c'est ?

Sous un lampadaire, elle vit briller le bijou, sans deviner exactement ce qu'il était.

— Vous verrez au restaurant.

Ils roulèrent un bon moment, Cecilia aurait volontiers posé sa tête sur l'épaule de Hugo et dormi. Tout était si calme, et pourtant, si troublant...

La voiture s'arrêta. Le marquis aida les deux femmes à descendre. Puis, un garçon les amena vers une sorte d'alcôve où trois couverts étaient préparés, sur une nappe d'une blancheur éblouissante. Sous la lumière, Cecilia examina le bracelet entourant son bras. Il était fait d'un rang d'émeraudes serties d'or. Elle en eut le souffle coupé.

— Oh, Hugo ! Il est magnifique !

— J'espérais qu'il vous plairait, dit-il tranquillement. J'ai commandé le dîner. Des soles, un bon
steack, et du champagne.

Elle rit doucement, en tendant son poignet à May
pour lui faire admirer le bijou, puis détourna la tête
pour éviter l'ardent regard du marquis. Elle se sentait étourdie, comme irréelle. S'agissait-il d'un rôle ?

Non. C'était bien elle, Cecilia, la vraie. Il n'y
avait pas de texte à suivre. Alors, que faisait-elle ici ?
Elle était une actrice. Il n'y avait pas de place dans
sa vie pour le mariage. Et, de plus, comment le
marquis de Barrington pourrait-il épouser une comédienne ? Le refus qu'elle lui avait d'abord opposé
avait enflammé son imagination. Si elle s'était donnée
à lui, il serait déjà fatigué d'elle. Il n'aspirait, sans
doute, comme tous ses pairs, qu'à un peu de plaisir,
à la satisfaction de fréquenter une actrice connue
et aimée du public.

Elle frissonna et s'enfonça un peu plus dans son
siège. A l'instant même, Hugo posa son manteau sur
ses épaules nues.

— Froid ?

Elle hocha la tête sans répondre davantage. Une
aventure ? Cela ne lui convenait pas, elle avait trop soif
d'absolu.

Brusquement, le bracelet parut lourd à son poignet,
les boucles, à ses oreilles. Elle était fatiguée, inquiète.
Mais le champagne agit comme un philtre magique.
Elle rit avec Hugo, comme dans un rêve.

— Non, Hugo ! Plus de champagne ! Il me monte
à la tête !

Il but les dernières gouttes dans le verre de Cecilia,
et un long silence s'établit. Finalement avec beaucoup
de regret, Hugo se décida à demander sa voiture. Il
lui prit le bras pour rejoindre l'équipage dans la nuit
froide et la soutint car elle était à demi endormie.

Il était quatre heures du matin. Londres était
désert.

Quand il l'aida à descendre devant sa porte, elle
sentit son étreinte se prolonger. Comme s'il ne pou-

vait détacher ses mains de son corps qu'il serrait désespérément. Enfin, Cecilia entra chez elle et la voiture
s'éloigna dans un claquement de sabots sur le pavé.

*
**

Le lendemain après la répétition, en retournant
chez elle pour se reposer un moment avant la représentation du soir, elle trouva une message de Hugo.

« *Cecilia chérie,*

« *Comme vous étiez belle cette nuit ! Mon bras
se souvient du poids charmant de votre joli corps, dans
la voiture. J'avais envie de placer votre tête sur mon
épaule et de vous contempler, tandis que vous auriez
dormi.*

« *Je viendrai demain soir. Vous devez vous reposer cette nuit. Cecilia, je viendrai plein d'espoir.*

Hugo.

Impulsivement, elle pressa la lettre contre sa bouche et sentit sur ses lèvres les épaisses armoiries incrustées en haut de la page. Hugo, songeait-elle, moi
aussi, je suis pleine d'espoir...

Elle fut très distraite, ce soir-là, pendant la représentation. Elle dut se forcer pour se souvenir de son
texte. Cependant, elle s'en sortit au mieux, puisque
les applaudissements, furent peut-être encore plus
nourris que d'habitude.

Elle commanda une voiture pour rentrer chez elle.
Souvent, quand il faisait beau, elle préférait revenir
à pied, mais novembre était là avec ses vents froids.
Elle s'assit dans la voiture, pensive, songeant à Hugo.

Comme ils entraient dans la rue étroite où elle
habitait, le conducteur poussa un cri. Elle se dressa.

— Qu'est-ce qui se passe ? demanda-t-elle à May
au moment où la portière s'ouvrait violemment.

— La voilà, la fille aux bijoux ! cria alors une
voix rauque. Et un jeune homme masqué grimpa sur
le marchepied. Un bras enserra sa gorge, une main

empoigna les siennes pour prendre ses bagues. Elle se débattait de toutes ses forces contre le malfaiteur, accroché à elle, la bouche grimaçante au-dessous du foulard qui lui couvrait les yeux et le nez. May était descendue de la voiture, et hurlait en courant vers la maison où elles habitaient.

Cecilia ne portait aucun bijou ce soir-là. Elle ne s'en parait que lorsqu'elle soupait en compagnie.

— Une lumière ! Apportez une lumière ! cria quelqu'un.

— Je... je ne trouve rien ! grogna le voleur en se tournant vers son complice derrière lui.

Celui-ci le repoussa et commença à secouer la jeune fille, en la tenant par le cou.

— Pourquoi... pourquoi n'en avez-vous pas ! hurlait-il, au comble de la fureur.

Cecilia, même si elle avait voulu, n'aurait pu prononcer une syllabe. A demi-étranglée par des mains grossières. Elle était tombée sur le côté, contre les coussins, quand son valet, accouru au bruit, vint la secourir, une cravache à la main.

— Qu'est-ce que c'était, madame ? des voleurs ? Des hommes ont rôdé par ici toute la soirée. Etes-vous blessée ?

— Pauvre chérie ! Vous avez très mal ? dit May.

— Je veux... rentrer..., murmura Cecilia épuisée par la lutte qu'elle avait menée. Je n'ai rien de sérieux.

Couchée, réconfortée, elle se remit peu à peu, mais l'attaque brutale avait brisé ses nerfs.

— Il n'y a malheureusement rien à faire, lui dit May, le lendemain matin. J'ai fait ma déposition auprès des autorités, mais il est pratiquement impossible de retrouver ces hommes. Il faudra, en tout cas, que nous soyons plus prudentes, la nuit.

May informa M. Brayton de l'incident et celui-ci promit de la faire escorter chaque fois qu'elle devrait rentrer seule.

Cecilia porta une écharpe autour de son cou pour cacher les marques qui subsistaient encore sur sa gorge.

Elle n'avait pas l'intention de parler à Hugo de cette agression. Il insisterait pour l'escorter chaque soir...

Et elle préférait affronter les voleurs que le tourbillon de ses sentiments, infiniment plus redoutables.

*
**

Les mains de Cecilia tremblaient un peu tandis qu'elle versait du sherry dans le verre de Laurence Kinnaird. Il avait accompagné Hugo ce jour-là, et son regard, sombre, pénétrant, la gênait. Il semblait jaloux.

— Un bien joli bracelet, dit-il après avoir posé son verre.

Et il se pencha vers elle pour prendre son poignet.

— Un cadeau de vous, Hugo ?

Cecilia dégagea sa main, et pour dissimuler une hâte trop visible de sa part, s'empara d'un verre de sherry, sur la table.

— Je l'ai offert à Cecilia, en effet, si cela vous intéresse, répliqua rudement son cousin.

— Qui ne se soucierait du moindre détail de la vie d'une actrice aussi charmante, aussi populaire ?

Cecilia retint son souffle. Il était évident que Laurence était déterminé à être désagréable et Hugo, trop indulgent avec lui. La jeune fille savait pourquoi. Son cousin avait été d'un grand secours pour lui lors de son deuil.

Mais aujourd'hui, Laurence exagérait la goujaterie, laissant entendre par ses réflexions de mauvais goût que Hugo avait payé avec ces bijoux les faveurs de Cecilia. Cela, la jeune fille ne pouvait l'admettre. Elle était déjà trop portée à se sentir coupable, bien qu'il n'en fût rien...

De même, la maison était toujours abondamment fleurie. Il l'aurait emplie aussi de robes et de fourrures si Cecilia ne le lui avait formellement interdit. May n'avait pas autant de scrupules. Elle avait rangé soigneusement, avant d'en parler, une douzaine de gants de soie que le marquis avait fait venir récemment de France.

Par contre, Cecilia avait refusé catégoriquement de

recevoir d'autres bijoux. Ce qui avait fait froncer les sourcils de May.

— Chérie, avait-elle dit, il faudrait que vous vous décidiez. Le marquis ne sera pas toujours pendu à vos basques. Le voulez-vous, ou non ?

Cecilia avait rougi de colère et avait claqué sa porte au nez de May. Mais elle ne pouvait pas aussi facilement se débarrasser de ses propres pensées...

Elle regardait Hugo discrètement, admirant ses traits réguliers, ses boucles brunes, ses larges épaules. Il était presque étendu sur un de ses fauteuils, les yeux mi-clos, dans cette attitude nonchalante qui la troublait. Elle souhaitait mieux le connaître. C'était difficile...

Il lui avait parlé brièvement de sa première femme, mais elle n'arrivait pas à savoir si elle lui manquait cruellement. Il semblait plutôt qu'il eût voulu clore définitivement le chapitre douloureux de cette mort en couches. Ses yeux s'étaient assombris bizarrement tandis qu'il en parlait, sa bouche avait eu un pli amer. Plus que de la tristesse, il semblait y avoir de la colère dans ses yeux.

C'était un homme difficile à sonder. Cecilia ignorait encore s'il l'aimait réellement, ou s'il s'amusait simplement à éveiller en elle des désirs qu'il sentait prêts à s'épanouir. Cela lui faisait peur.

Elle prêtait peu d'attention à ce qui se disait près d'elle. Laurence faisait tous les frais de la conversation. Après pas mal de médisances, il se leva en souriant, moqueur.

— Je me sauve. Je pense que vous avez envie de quelques instants d'intimité...

Cecilia fronça les sourcils. Elle en avait assez de ces déplaisantes insinuations.

— Je pense que vous allez me laisser aussi, Hugo. Je désire me reposer avant la représentation de ce soir.

Elle se dressa, l'expression fière, ses yeux verts étincelants.

— Là ! Là ! Ne le malmenez pas, Cecilia, implora

Laurence, constatant malicieusement le fruit de son travail. Ce n'est pas parce que je vous taquine qu'il faut vous en prendre à ce pauvre Hugo. Il a besoin de beauté dans sa vie, vous savez bien !

Laurence s'inclina sur sa main, regarda ostensiblement le bracelet d'émeraude et lentement, baisa la main de Cecilia près du poignet qu'elle lui arracha.

— Je vous raccompagne.

Elle tourna la tête en même temps. Hugo n'avait pas bougé. Ses yeux sombres la défiaient. Laurence rit, s'inclina et sortit. Le valet ferma la porte derrière lui. Le cousin trop spirituel était enfin parti ! Elle marcha en direction du marquis.

Lentement, elle tourna son poignet, ouvrit le bracelet, le retira, et le lui tendit, debout près de son siège.

Comme il ne faisait aucun effort pour le prendre, elle le posa doucement sur la table, près de lui. Puis aussi calmement, elle enleva ses boucles d'oreilles et les déposa à côté du bracelet.

— Je pense que vous feriez mieux de partir, dit-elle, hautaine.

— Parce que Laurence vous a taquinée ?

— Parce qu'il n'y a rien ici qui puisse vous retenir, rien qui vaille la peine, qui soit réel, articula-t-elle péniblement, le regard glacé. Et parce que je ne me laisserai jamais traiter d'une façon aussi dégradante par vos amis. Partez et inutile de revenir !

Hugo sauta sur ses pieds, et serra douloureusement son poignet dans sa main brûlante.

— Ne soyez pas sotte, dit-il, les yeux fulgurants. Laurence vous trouve belle... En essayant de nous pousser à bout, il espérait provoquer une dispute entre nous, et vous êtes en train de jouer son jeu. Il se disait qu'il aurait peut-être sa chance ainsi. Croyez-vous que je ne connaisse pas ses façons de faire ?

Cecilia le regardait, suffoquée. Ainsi, ils la considéraient comme un jouet dont on peut disposer ?

— Je ne suis pas à vendre, Hugo, dit-elle rageusement. Le pensiez-vous ? Je sais que votre cousin le croit, mais vous, espériez-vous qu'en me donnant suffisamment de bijoux, vous auriez accès à ma chambre ?

Par discrétion, May s'échappa. Cecilia entendit le bruit de la porte qui se refermait.

Les doigts se resserrèrent encore davantage autour du poignet de Cecilia.

— Ne vous abaissez pas ainsi, dit-il avec colère, la serrant contre lui. Je vous adore et vous le savez. Je vous ai attendue, courtisée, comme un jeune homme. Vous avez dirigé chacun de mes mouvements...

Elle essaya de s'écarter, le cœur battant.

— Vous n'avez pas besoin de vous accrocher à moi. Je ne suis pas un jouet !

— Ai-je laissé croire que vous en étiez un ?

Il la dominait de toute sa taille et, courbé vers elle, baisait passionnément son front, ses joues, essayant d'atteindre ses lèvres. Quand elle voulut détourner la tête, il empoigna ses cheveux pour retenir sa tête contre lui. Elle pouvait à peine respirer.

Une dangereuse faiblesse envahissait ses membres. Mais elle continuait à lutter contre elle-même, contre eux.

Il lui releva la tête.

— Pourquoi vous éloignez-vous, Cecilia ? Je pensais... j'espérais que vous et moi...

Brusquement, il se raidit.

— Etes-vous donc de glace, comme Diana ? Et, aussi fausse ? Je le saurai !

Il emprisonna de nouveaux ses cheveux, lui tenant la tête tournée vers lui.

Il n'y avait plus trace de tendresse en lui, maintenant, mais une sorte de fureur. Sa voix était étrange, rauque, hachée.

— J'ai été trop doux ! l'entendit-elle grommeler entre ses dents.

Soudain, il l'écarta brusquement d'une violente poussée. Elle tomba sur le divan.

— Vous avez besoin d'être réveillée, Cecilia. C'est le seul moyen, murmura-t-il.

Elle se défendit sauvagement, contre son étreinte et réussissant à libérer une de ses mains, elle la plongea dans les cheveux du jeune homme et écarta sa tête. Surpris, il recula suffisamment pour libérer son autre main. Alors, de toute sa force, elle le gifla, en plein visage.

Hugo sembla brusquement s'éveiller. Il s'écarta, les mains tremblantes.

— Mon Dieu, Cecilia...

Elle tremblait aussi, pelotonnée sur le canapé.

— Vous ne savez pas combien vous me torturez !

Sans un mot, elle se dressa péniblement sur ses jambes tremblantes et quitta la pièce. Une fois dans sa chambre, elle se jeta en travers de son lit, incapable de pleurer. Elle entendit la porte d'entrée se refermer et, seulement alors, fondit en larmes.

May supplia longtemps avant que la pauvre Cecilia lui permît d'entrer. Celle-ci avait fait quelques emplettes pour le dîner, pensant que la jeune fille préférerait rester seule avec le marquis. Elle ne s'était pas attendue à un tel retour. Elle prit Cecilia sanglotante dans ses bras.

— Oh ! May... Je croyais qu'il m'aimait vraiment...

— Ma chérie..., répliqua May, doucement. Vous manquez d'expérience... Vous n'avez jamais eu d'amoureux. Sinon, vous sauriez que faire. Et je crois que le marquis vous aime vraiment... Si vous saviez, vous n'hésiteriez pas à lui donner ce qu'il vous demande...

— Taisez-vous, May. Vous êtes folle ! Si vous me reparlez ainsi, je me passerai de vous.

La jeune actrice cacha sa tête dans ses mains. Elle était écœurée, troublée, fâchée contre elle-même et les autres, anxieuse des potins qui n'allaient pas manquer quand leur rupture serait connue.

May se garda de faire allusion au marquis, et Cecilia se jeta dans le travail pour essayer d'oublier. Elle informa le régisseur et le concierge qu'elle ne voulait recevoir aucune visite.

Quelques jours plus tard, son collègue, Pierce Mortimer l'attendait à la porte de sa loge. Comme elle allait le dépasser sans s'arrêter, il lui prit le bras, à sa façon familière.

— Des ennuis, Cecilia ? Puis-je faire quelque chose ?

— Non, merci. Rien.

— Allons, chérie, ne faites pas la sotte ! reprit-il impatiemment. Tout le monde sait que vous faites des embarras avec votre amoureux. Mais aussi vous avez mal choisi.

Cecilia voulut rentrer dans sa loge dont May avait déjà ouvert la porte.

— Si celui-là ne vous convient pas, je suis prêt à vous en débarrasser, chérie !

Il tira théâtralement une dague de son fourreau et Cecilia frissonna. Ce n'était qu'une arme de pacotille, mais cependant... Tout le monde était donc fou autour d'elle !

— Je n'ai aucun ennui, dit-elle calmement. Laissez-moi passer.

L'acteur pouffa sans retenue.

— Pas avant de vous avoir appris comment votre amoureux a été évincé, ce soir. Heureusement pour le portier, le lord avait trop bu. Il n'a pas été trop difficile de le faire partir... Si vous avez des ennuis avec lui, n'oubliez pas que je suis là !

May essaya de l'écarter.

— Cecilia va être en retard. Laissez-la passer. Allez-vous-en !

— Non, mon chou. Non ! Pas ce soir.

L'habilleuse s'avança mais il la repoussa d'une façon si brutale qu'elle perdit l'équilibre. Cecilia se mit à crier, tandis que Mortimer s'élançait vers elle. Derrière eux, May se releva vivement, courut vers la porte du couloir et appela. Des hommes entrèrent en courant. Parmi eux était M. Brayton.

Celui-ci comprit immédiatement la situation. Il écarta fermement l'acteur, et, tandis que les autres l'entraînaient, il se tourna vers Cecilia, ennuyé.

— Je crois... je crois vraiment qu'il est fou ! dit-elle, en rougissant. Il a... il a jeté May à terre.

— Vous ne l'aviez encouragé d'aucune façon ?
demanda le directeur, gentiment. Je sais... que vous
avez été déçue par ce marquis... mais...

La pauvre Cecilia rougit davantage. Elle ne s'était
jamais sentie aussi humiliée. Ainsi, tous... Elle se redressa fièrement.

— Non, monsieur, je ne l'ai jamais encouragé.
Quant au marquis... ce n'était pas du tout ce que vous
pourriez penser. Je n'ai... je n'ai jamais été sa maîtresse,
monsieur.

Des larmes lui étaient montées aux yeux mais elle
fit effort pour les contenir. Il la regarda avec bonté
et sourit.

— Bien. Je vais donc être obligé de me séparer de
Mortimer. C'est un mauvais acteur et je croirais volontiers qu'il est un peu fou. Il a souvent causé des inci-
dents ici. La cause est entendue.

Le même soir, il congédia Pierce, et prit sa place
dans la pièce en attendant de lui trouver un rempla-
çant. Cecilia, triste, peinée, n'aurait jamais pensé que
l'arrivée et le départ de Hugo dans sa vie aurait pu
amener de tels événements. Comment des hommes et
des femmes peuvent-ils devenir des ennemis acharnés...
au nom de l'amour.

CHAPITRE IV

Hugo errait le long du quai. Il s'arrêta pour se pencher sur le parapet et fixa un long moment l'eau sombre de la Tamise. Minuit avait sonné depuis longtemps, et la nuit était froide. Même avec ses épais vêtements de laine et son grand manteau, il sentait la morsure du vent.

Jamais il n'avait été aussi déprimé. Après l'affreuse mort de sa femme, il avait connu une grande colère, suivie d'une pénible dépression. Et la disparition d'Irène l'avait profondément secoué. Mais, récemment, il avait été si heureux avec Cecilia... Désormais elle refusait de le voir. Les premiers jours, Nicky l'avait taquiné et assuré qu'il y avait d'autres femmes dans le monde et qui la valaient bien...

Laurence se taisait, sachant que son cousin le blâmait pour la part de responsabilité qu'il avait dans la querelle.

Ce soir-là Hugo les avait abandonnés. Il voulait être seul pour voir plus clair en lui-même.

La représentation était terminée. Il était tard. « Elle » devait être dans sa loge, en train de se démaquiller, un peu lasse, vêtue de cette robe chinoise qu'il aimait tant.

Il reprit sa route, traversa le pont. Maintenant, elle

devait regagner sa maison en voiture, peut-être la tête
sur l'épaule de May comme elle l'avait fait quelquefois
sur la sienne...

La vie était aussi vide qu'autrefois avec une diffé-
rence, pourtant, maintenant, il savait ce qui lui manquait... Avec Cecilia il avait retrouvé le désir de marcher de nouveau à la rencontre de la vie. Il avait projeté de lui demander de passer les fêtes de Noël à
Barrington Court avec lui. Il savait qu'elle aurait aimé
la vie là-bas, les grandes courses dans la campagne
enneigée, les longues soirées devant un bon feu. Il aurait regardé ses joues prendre des couleurs, ses yeux
briller. Hélas ! Tout cela était devenu impossible. Ils
avaient perdu tous deux leur confiance. Elle le prenait pour un fou !

Bien sûr, il y avait d'autres femmes dans le monde,
moins difficiles à vaincre. A gagner ! pensait-il avec
colère. Gagner... Le mot le choqua soudain ; Cecilia
avait eu raison. Il avait espéré la gagner comme un prix
dans un concours, l'acheter au besoin. C'était ainsi
qu'on agissait avec une actrice, même si elle était à la
fois belle, pleine de talent et intelligente. Tout le
monde savait cela ! Laurence lui avait assuré qu'il en
était toujours ainsi. Et que c'était facile !

Au contraire, Cecilia avait été méfiante, belliqueuse
aussi, et hautaine. Elle avait insisté pour que son cha-
peron soit toujours entre eux. Stupidement, il avait
pensé qu'elle était timide et qu'elle cèderait un jour,
en échange de ses largesses. Aujourd'hui, il se moquait
de lui-même et de ses prétentions. Il se demandait
comment il avait pu être si borné, si aveugle.

Il continua à errer dans la nuit sombre, au hasard.
Il passa devant un théâtre, jeta un coup d'œil distrait
sur les murs. Et soudain, le visage de Cecilia jaillit
devant ses yeux, au centre d'une affiche. Le peintre
avait su saisir son visage séduisant, encore ingénu.
C'était ce contraste qui l'avait toujours fasciné, ce
mélange d'enfant et de femme, d'innocence et d'expérience, de timidité et d'équilibre, de gravité et de rire.

Il demeura là à contempler son image, comme hypnotisé. Son cocher le ramena à la réalité.

— Il faut rentrer, monsieur. Quatre heures viennent de sonner. Vous allez prendre froid.

Hugo soupira profondément, et obéit.

Cette nuit-là, Hugo eut un cauchemar. Sa femme, Diana, était revenue. Elle gisait ensanglantée, dans le salon des jades, criant, l'appelant. Il s'éveilla, couvert de sueur froide, juste au moment où le visage de Diana devenait celui de... Oui... Les cheveux blonds, les vêtements tachés de sang étaient ceux de Cecilia. Elle tournait vers lui un visage pâle, plein de reproche.

Il passa la main sur son visage, surpris de le trouver humide de sueur et des larmes qu'il avait versées, sans le savoir.

Il resta un long moment, accablé, la tête dans ses mains. Il n'avait jamais pardonné à Diana, il s'en rendait compte maintenant. Il avait vu toutes les femmes à son image. Quand il avait commencé à douter de l'honnêteté de Cecilia, les images des deux femmes s'étaient confondues. En Cecilia, c'était Diana qu'il avait voulu punir et humilier.

Après cette découverte, il se sentit plus calme. Il n'avait plus qu'une certitude : il aimait Cecilia et ne pourrait jamais l'oublier. Elle était le plus beau présent que lui ait offert la vie ! Mais pourrait-il se faire pardonner, la convaincre de la sincérité de ses remords ?

Il sonna son domestique, se leva rapidement. Il était déjà très tard : trois heures de l'après-midi. Il but une tasse de thé, se rasa, se baigna et s'habilla. Il était cinq heures quand il se présenta à la porte de Cecilia.

Le valet le regarda et commença la phrase que Hugo redoutait : « Mademoiselle Trent ne reçoit pas. Je suis désolé, Monsieur. »

Hugo ne fit pas l'éclat qu'il n'aurait pas évité quelques jours plus tôt. Tranquillement mais avec fermeté, il dit :

— Je dois la voir aujourd'hui même. Cela ne lui prendra que quelques minutes, mais je ne partirai pas avant de l'avoir vue.

Le valet hésita. Finalement il s'écarta et laissa passer le visiteur. Celui-ci entra dans le salon et s'y tint debout, cherchant les mots qu'il allait dire.

May Endicott descendit.

— Je regrette, mais elle ne vous verra pas aujourd'hui.

Hugo répondit, doucement :

— Dites-lui, je vous prie, que je ne désire la retenir que quelques minutes, mais j'ai quelque chose de très important à lui dire.

May sembla hésiter, mais la curiosité l'emportant, elle soupira :

— Eh bien, monsieur, je vais voir ce que je peux faire.

Et elle quitta rapidement la pièce.

Enfin, Cecilia parut en haut de l'escalier. Elle portait la simple robe de mousseline blanche qu'elle mettait souvent chez elle après le théâtre. Ses pieds étaient emprisonnés dans d'étroites chaussures noires qui découvraient les chevilles fines. Elle semblait amaigrie, tendue, les mains nerveuses. May la suivait.

Hugo dit gentiment à l'habilleuse :

— J'ai besoin de parler seul avec Cecilia, quelques minutes, pas plus.

May lança à la jeune fille un regard inquiet. Celle-ci semblait en alerte, les sourcils froncés. Ses cheveux étaient un peu en désordre, comme si elle n'avait pas pris le temps de refaire soigneusement, avant de descendre, les boucles qui étaient sa parure habituelle.

Hugo avait envie de poser la main sur ces cheveux brillants, de sentir les boucles soyeuses sous ses doigts, d'effleurer de ses lèvres les joues pâlies.

— May restera avec nous, dit Cecilia.

Hugo garda le silence une seconde, puis :

— Cecilia, j'ai longuement réfléchi. Je pensais que je pourrais vivre sans vous, mais cela m'est impossible.

Elle se contenta de le regarder, ses yeux verts assombris, les mains jointes.

— J'ai marché très longuement cette nuit, conti-

nua-t-il Finalement, j'ai vu clair en moi. Je ne peux
pas vivre sans vous. Sans vous, je suis comme mort.

Elle continuait à se taire. Hugo passa sa langue sur
ses lèvres sèches, soudain effrayé. L'avait-il perdue à
jamais ?

— Je ne vous presserai pas, Cecilia. Je ne vous
obligerai pas à prendre une décision sur-le-champ.
Mais je dois vous dire ceci, afin que tout soit clair
entre nous : si vous pouvez me pardonner un instant
de folie, je désire faire de vous ma femme. Cecilia, je
désire seulement vous rendre heureuse. Le croyez-
vous ?

Les yeux verts s'écarquillèrent.

— M'avez-vous compris, chérie ? demanda-t-il d'une
voix inquiète. Je désire vous épouser, Cecilia. Pour
l'instant, je me contenterai de vous voir quand vous
le désirerez. Pensez-vous pouvoir me pardonner ce que
j'ai fait ?

— Oui, murmura-t-elle. Je pense que je le peux.

Elle bégayait d'émotion. Il vint vers elle, posa ses
mains sur ses bras, dévoré du désir de la serrer contre
lui, mais se contrôlant de toute la force de sa volonté.

— Puis-je espérer que vous dînerez avec moi ce
soir ? demanda-t-il, d'une voix peu assurée. May viendra avec nous. Ou êtes-vous trop fatiguée ? Vous êtes
pâle, chérie.

Elle se pencha pour poser sa tête sur l'épaule du
marquis. Il frémit, puis, doucement, tendrement, passa
ses bras autour de sa taille et la tint, serrée contre lui.
Il ne voulait pas l'effrayer, et c'était son corps à lui
qui tremblait contre celui de la jeune actrice.

— Cecilia... murmura-t-il, les lèvres contre ses cheveux.

— Vous... vous allez trop vite. Mais... peut-être
dînerons-nous avec vous, ce soir, si je ne suis pas trop
fatiguée après la représentation.

— Alors, je viendrai vous le demander, après le
théâtre, commença-t-il, heureux.

A ce moment la porte s'ouvrit brusquement. Le

valet montra sa tête inquiète, son regard allant de l'un à l'autre.

Cecilia sourit.

— Je crois que nous avons le temps de prendre le thé ensemble avant que je parte, dit-elle, d'une voix assez peu ferme.

Rassuré, le valet disparut, et May hocha la tête.

— Bien sûr, chérie, et vous prendrez un œuf. Vous n'avez pas mangé grand-chose ces jours-ci, dit May, trahissant ainsi Cecilia sans le vouloir.

Hugo sourit.

Ils prirent le thé ensemble, assis sur le canapé, Cecilia un peu trop loin de lui, songeait-il. Mais il était trop heureux d'avoir été pardonné pour en prendre ombrage. Le soleil emplissait la pièce d'un rayonnement d'or, ce qui lui sembla de bon augure.

Ils parlèrent. Et qu'importait ce qui se disait.

— Ce portrait de vous, sur les affiches qui annoncent ce nouveau spectacle est réellement ravissant.

Elle sourit délicieusement, rougit, et détourna son regard. May lui rappela qu'il était temps de se préparer pour le théâtre. Hugo demanda s'il pouvait les conduire, et, après un instant d'hésitation, Cecilia accepta.

Elle descendit une demi-heure plus tard, vêtue d'une robe très seyante de dentelle crème. Tendrement, Hugo posa son manteau sur ses épaules. Il sourit et se pencha pour lui baiser les cheveux, ses doigts touchant à peine les épaules rondes, douces, chaudes.

Puis, il regarda May attacher les boucles d'oreilles.

Un jour, songeait-il, ce serait lui qui les ôterait. Lui, qui la tiendrait entre ses bras, goûterait la douceur de cette peau soyeuse, et lui montrerait comme il est bon d'aimer...

Mais, cela, c'était pour plus tard. Il faudrait aller lentement, ne pas l'effrayer. Ils auraient le temps de savourer leur bonheur... Ils auraient toute la vie !

··

Pour Cecilia, le monde avait changé. Londres, froid et pluvieux était devenu un paradis, en cette fin de novembre. Elle contemplait, par-dessus les toits, le sommet des arbres du parc, et au-delà, la Tamise. Tout était lumineux, éclatant, magique !

Les heures où elle ne voyait pas Hugo lui semblaient vides, simples intervalles avant son retour.

Sa maison étroite était de nouveau transformée en jardin. Chaque jour, Hugo faisait apporter des serres de Barrington des fleurs de toutes sortes, de toutes couleurs.

Au théâtre, elle était devenue une autre femme. Sa Rosalind était émouvante à briser les cœurs, disaient les critiques. Et les bavardages allaient bon train. Quand Cecilia parlait d'amour en scène, tout était différent. Une femme s'éveillait en elle, pleine d'un étonnement joyeux. Dans les moments où Hugo était loin d'elle, quand elle se reposait, éveillée dans son lit, après la représentation, elle pensait à lui et la passion montait en elle jusqu'à une impatience presque douloureuse.

Avec elle, Hugo se montrait doux et patient et elle sentait l'effort qu'il faisait pour contrôler sa passion.

Il la suppliait de venir passer les fêtes de Noël à Barrington Court, le théâtre faisant relâche à ce moment-là. Malgré le souvenir de la froideur de la grand-mère de Hugo, elle finit par accepter l'invitation. Le voir dans son cadre habituel lui permettrait, pensait-elle, de se faire une idée plus nette de ce que serait sa vie d'épouse.

Il vint la chercher un soir après le théâtre. May s'assit dans le fond de la voiture avec un petit soupir.

— Bon public, ce soir ! déclara-t-elle. Ils sentent que ce sera bientôt fini. Mais, de cette Rosalind, on parlera encore pendant des années, je le parierais !

Il y avait de la fierté dans sa voix. Cecilia savait qu'elle pensait à sa carrière, maintenant qu'elle avait

quitté la scène, comme à la sienne propre. Que se
passerait-il quand elle quitterait le théâtre ? Bien sûr
il y aurait toujours d'autres actrices pour remplacer
celles qui partaient ou devenaient trop âgées pour
continuer, mais, dans le cas de Cecilia, que devien-
draient ceux qui dépendaient d'elle ? May ? Son père ?
Que ferait d'eux M. Brayton ? Et, désirait-elle vraiment n'être qu'une épouse, et maîtresse de maison ?
Elle soupira.

Hugo glissa son bras autour de sa taille et appuya
la tête de la jeune fille sur son épaule.

— Vous êtes fatiguée, chérie. Reposez-vous.

Il lui baisa les cheveux tendrement.

— Avez-vous enfin fixé une date pour notre départ ?

Elle mit sa main dans la sienne.

— Pas encore, Hugo, mais bientôt. Je vous le
promets.

— J'ai tant envie de vous montrer ma maison.
Peut-être son confort et son charme vous persuaderont-
ils d'en faire la vôtre ?

La voiture s'arrêta devant leur restaurant. Un groupe de jeunes gens bruyants en sortit. Cecilia, reconnaissant parmi eux Laurence et Nicky eut un mouvement de recul.

— Encore eux ! N'entrons pas, je vous en prie !

Elle savait que Hugo, autant qu'elle, était irrité
par le charivari permanent de cette bande de jeunes
fous.

— Non, chérie, nous n'entrerons pas. Fouette,
cocher !

Le conducteur hésita.

— Où dois-je aller, monsieur ?

— N'importe où. Continuez. Je vous donnerai d'autres instructions plus tard.

Le cocher remonta sur son siège et les chevaux partirent, les roues résonnant, comme les sabots, sur les
pavés. Cecilia remit sa tête sur la poitrine de Hugo,
touchée qu'il eût acquiescé si rapidement à sa demande.

— Je suis fatiguée, Hugo. Pourquoi ne pas aller

chez moi ? Nous pourrions faire un simple petit souper ?
murmura-t-elle.

May était désappointée. Elle aimait les bons dîners.
Mais Hugo accepta et donna ses ordres au cocher.
Pendant le trajet, il tint la taille de Cecilia. Elle sentait
la chaleur de son corps à travers le tissu de sa robe.

Comme il serait bon de s'appuyer sur quelqu'un
comme lui, pensait-elle. Plus elle le connaissait, plus
elle l'appréciait. Il était intelligent, généreux et ardent.

En arrivant chez elle, elle ôta son manteau et s'installa sur une pile de coussins dans un coin du divan.
Hugo marcha un instant dans la pièce puis vint s'asseoir à l'autre extrémité du salon, pour mieux la
contempler.

Le valet sortit des flûtes du buffet. Elles furent
remplies de champagne dont Hugo ne la laissait jamais manquer. Quand le valet fut sorti, le marquis dit,
levant son verre en direction de Cecilia :

— A vous, à nous, ma chérie.

Cecilia sentait une sorte de griserie la gagner. Elle
but lentement. Parce qu'il lui était difficile de soutenir
le regard ardent de Hugo, elle détourna les yeux vers
les violettes qui ornaient la table.

— Vous n'avez plus que quatre représentations,
dit-il.

— Oui. Et après, ce seront les vacances.

Ils entendirent May parler dans l'entrée d'une voix
fâchée.

— Nous l'avons privée d'un dîner, dit Hugo en
riant.

— Elle me grondera demain, répondit Cecilia légèrement.

Hugo posa son verre, se rapprocha d'elle et l'étrei-
gnit avec passion.

— Hugo...

— Mon amour, mon adorée, murmura-t-il, couvrant de baisers son cou, ses joues, ses lèvres enfin.

Cecilia sentait la fièvre monter en elle, lui enlevant
tout pouvoir, tout désir de se défendre. Brûlante, puis

glacée et frissonnante, elle s'accrochait à ses épaules, comme une noyée...

A cet instant, elle comprit qu'elle l'aimait de toute son âme, certes, mais de tout son corps aussi. Sa passion l'avait trahie.

Hugo se redressa brusquement, puis se leva. May entrait dans la pièce, grommelant encore contre le valet qui la suivait, portant un plateau lourdement chargé. May s'assit pour servir le thé. Hugo passa la main dans ses cheveux. May parut n'avoir rien remarqué. Le visage du valet était impassible. Mais Cecilia savait que les bavardages iraient bon train. Comment les éviter ? Seul, le mariage l'en délivrerait...

Dès qu'ils furent seuls à nouveau, Hugo rejoignit Cecilia sur le sofa et la prit dans ses bras.

— Partons ! chuchota-t-il dans son cou. Je vous enlève. Cela règlera tous nos problèmes.

— M'enlever ?

Elle tenta de s'écarter. Elle était incapable de réfléchir quand elle était dans ses bras.

— Oui. Nous pouvons avoir une licence et nous marier dès que votre pièce sera finie. Alors, nous filerons sur l'Italie, vers Venise d'abord. Vous serez libre. Et moi aussi. Libéré de tout l'entourage, des félicitations, des vœux. Ne désirez-vous pas aussi être seule avec moi, mon amour ? Je vous veux ainsi. Seule. Toute à moi.

Il chuchotait, ses lèvres proches des siennes.

— Nous ne dirons rien à personne. Seulement à May. Au tout dernier moment. Voudriez-vous qu'elle nous suive en Italie ?

Cecilia se sentait coupable quand elle pensait à May, qui faisait passer le théâtre avant toute chose...

— Non, soupira-t-elle. Je peux m'occuper de moi.

Et lasse de lutter dans une bataille qu'elle n'avait pas envie de gagner, elle acquiesça. Hugo se procurerait la licence, ferait tous les plans. Ils ne diraient rien à personne, sauf à May.

Le lendemain de la dernière représentation, ils se rendirent avec elle dans l'église du quartier. Cecilia

n'avait prévenu ni son père ni M. Brayton. Elle laissa
un petit mot pour ce dernier que May lui remettrait
lorsqu'ils seraient déjà en Italie.

Les sentiments de May étaient fort contradictoires.
Elle embrassa Cecilia, pleura sur son épaule, supplia
Hugo de prendre bien soin d'elle.

— Jamais, sanglotait-elle je n'aurais cru vivre assez
pour vous voir fuir si follement...

— Follement ? Je suis mariée, May. Jamais je ne
serais partie autrement.

Elle était en train de jeter quelques vêtements dans
une mallette. Quatre ou cinq bagages étaient encore
à faire et May ne savait que se lamenter.

— Quel chapeau dois-je mettre pour voyager, à
votre avis ? demanda Cecilia nerveusement.

— Vous auriez pu être une si grande artiste !...
continuait à pleurnicher May, sans répondre à la question.

Cecilia se tut. Elle savait, elle, qu'elle n'abandon-
nerait pas le théâtre. Elle reviendrait pour la pièce de
fin janvier, « *Maison de poupée* ». Hugo ne lui avait
pas demandé de quitter la scène. Rien ne serait changé.

C'était curieux de partager la cabine d'un homme.
Hugo avait envoyé une femme de chambre pour défaire les valises de sa femme. La fille avait vu Cecilia
Trent au théâtre et était fort intimidée. Cecilia quitta
la cabine pour le petit salon, pendant que la servante
faisait son travail.

Hugo l'y rejoignit, amusé.

— J'ai cru qu'elle allait s'évanouir quand je lui ai
parlé de vous, ma chérie.

Cecilia lui fit une grimace enfantine et il rit, en se
penchant pour lui prendre un baiser. Il s'attarda, ses
bras lui emprisonnant la taille, puis s'écarta brusquement.

— Soyons patients, murmura-t-il surtout pour lui-
même.

Ils ne s'habillèrent pas pour le dîner. Cecilia garda
la robe jaune qu'elle portait pour monter à bord,
Hugo avait un costume blanc. Leur table était proche

de celle du commandant. Une table pour eux deux seulement, ainsi que le marquis l'avait demandé. Le centre de table était orné de roses rouges.

La soirée passa trop rapidement. Ils rencontrèrent un aimable couple de gens âgés qui se rendaient à Gibraltar, un camarade de collège de Hugo, deux vieilles demoiselles et quelques officiers. Cecilia vivait comme dans un rêve ; elle devait même se demander plus tard si ce qu'elle avait dit ce soir-là avait eu quelque sens. Puis, ils regagnèrent leur cabine.

— Venise sera autrement chaud et plus agréable, promit Hugo tandis qu'il retirait sa jaquette. Son valet de chambre l'accompagnait et ils se procureraient une femme de chambre pour Cecilia à leur arrivée en Italie.

Il lui sourit et la laissa seule dans leur cabine. La jeune femme pensa brusquement qu'il lui donnait ainsi le temps de se déshabiller, de se coucher.

Tandis qu'elle se brossait vigoureusement les cheveux, elle aperçut son visage dans le miroir. Pâle, nerveux, comme un soir de première.

Lentement elle se déshabilla, fit sa toilette et attrapa la longue chemise de nuit de soie blanche, et le déshabillé assorti aux grandes manches de dentelle.

Elle venait de les déposer au pied du lit quand Hugo entra, vêtu d'une robe de chambre.

— Pas encore prête ? Vous êtes lente, mon amour..., dit-il, taquin.

Mais son visage était grave, tendu. Il vint derrière elle et la prit dans ses bras, pressant ses lèvres sur son cou nu.

— Cecilia, ma chérie, mon amour... murmura-t-il à son oreille.

Il éteignit les lampes. Maintenant, la douce clarté qui les baignait ne provenait que de la terrasse. Allongée sur le large lit, auprès de lui, Cecilia connut enfin la merveilleuse, l'effrayante extase d'être aimée par un homme expérimenté qui l'adorait.

— C'est une nouvelle pièce pour vous, ma chérie.

Une grande première..., lui glissa-t-il à l'oreille. Il faut du temps pour se perfectionner...

— Je ne voudrais pas vous décevoir, murmurat-elle, somnolente. Hugo eut un petit rire et elle s'endormit dans ses bras.

Quand le jour vint, ils firent une grande promenade sur le pont supérieur. Ils recherchaient la solitude mais ne purent éviter quelques chuchotements. « C'est Cecilia Trent et le marquis de Barrington... Ils viennent de se marier... » Généralement, on trouvait cette aventure très romanesque et chacun s'interrogeait. « Que va dire le directeur du théâtre ? Et comment la famille du marquis va-t-elle prendre la chose ? »

Cecilia aussi se posait des questions, mais il lui suffisait du bras de Hugo pressé contre le sien pour les oublier.

Hugo était allé déjà plusieurs fois à Venise. Elle découvrit que c'était en compagnie de Diana, d'Amanda et de son mari. Laurence les avait rejoints avec quelques amis. Lorsqu'elle parla de ce voyage, Hugo s'assombrit et il se hâta de changer de conversation.

Ils firent escale à Gibraltar, sous un ciel incroyablement bleu. Ils s'accoudèrent à la rambarde pour contempler l'Europe d'un côté et l'Afrique de l'autre. Au crépuscule, ils virent les poissons tracer dans l'eau de longues traînées d'argent.

Cecilia aurait pu contempler ce spectacle indéfiniment mais Hugo l'entraîna sur la piste de danse. Après quoi, ils se retirèrent car Hugo ne voulait pas la voir danser avec d'autres que lui.

Il faisait un temps exceptionnel pour décembre et, un beau matin, très tôt, Cecilia et Hugo purent contempler Venise, émergeant des flots dans l'aube naissante. Au loin, les clochers, les coupoles, les palais entrelaçaient leurs dentelles de pierre. Puis le soleil se leva et fit de Venise ce qu'elle est : une ville de rêve.

Cecilia regardait de tous ses yeux cette image unique au monde. Tous ses rêves devenaient réalité : l'homme qu'elle aimait était auprès d'elle, le bonheur inondait son cœur, et devant eux, se levaient les palais perle et or de Venise.

Autour du bateau, depuis les gondoles noires qui offraient leur service, s'élevait le chant des gondoliers...

— Venise ! dit Hugo, et son bras serra plus fortement celui de la jeune femme. Nous allons vivre dans un palais et vous serez ma reine !

CHAPITRE V

Le palais donnait sur un petit canal, dans un quartier tranquille de la ville, derrière la cathédrale. Il se réfléchissait dans l'eau sombre quand le soleil brillait. Cecilia s'émerveilla devant les immenses chambres à coucher, les salons imposants, les statues aux marches de l'escalier, et les sombres portraits d'ancêtres le long des galeries.

Un ami de Hugo avait loué ce palais pour leur lune de miel. Les serviteurs italiens vaquaient silencieusement à leurs occupations, les laissant seuls de longues heures, avec des sourires entendus.

Le petit déjeuner était apporté dans leur chambre sur des plateaux d'argent. Café fort et crème épaisse, pain délicieux, beurre frais et excellentes confitures. Cecilia, en déshabillé aux longues manches de dentelle, versait le café. Hugo accoudé aux oreillers la regardait, caressant parfois sa peau douce, ou effleurant son épaule de ses lèvres.

Des lettres arrivèrent qu'ils lurent sans plaisir. Sèches félicitations du côté de Hugo, missives éplorées pour Cecilia. Le père de Cecilia, se plaignit à plusieurs reprises amèrement que sa fille l'eût quitté sans le prévenir. Il la suppliait de revenir pour la pièce de janvier. Sa femme ajoutait toujours quelques mots de lamentation. Monsieur Brayton de son côté, était très fâché qu'elle soit partie sans le prévenir. Il avait engagé Jany Fields en attendant que Cecilia lui fasse connaître sa décision. Jouerait-elle ou non Nora, dans *Maison de Poupée* ?

Cecilia soupira si fort ce jour-là que Hugo s'empara de sa lettre, la lut, et la chiffonna en fronçant les sourcils.

— Je dois réellement lui dire quand je reviens, Hugo, dit-elle doucement.

— Mais, je n'en sais rien ! Je voudrais rester ici toujours ! Pas vous ?

Il avait posé la main sur la hanche de sa femme. Elle sentait sa chaleur, sa force, à travers l'étoffe mince.

— Hugo, dit-elle, nous n'avons pas parlé de l'avenir.

— Il n'y a pas d'avenir, chérie. Seul le présent compte. Oh ! Cecilia, comme je t'aime !

Un instant plus tard, les lettres étaient bien oubliées.

Cependant, Cecilia continua à étudier sérieusement le texte de « *Maison de poupée* ». Lorsque Hugo entrait et la voyait à l'ouvrage, il lui prenait le manuscrit des mains et la consolait de cette interruption avec des baisers.

Cecilia n'ignorait pas que son mari avait un caractère violent. Elle l'avait appris, mais jamais encore à ses dépens. Certains de ses amis italiens lui avaient parlé des éclats fréquents survenus entre Diana et lui. Elle s'était souvenue alors de l'espèce de rage qui s'était emparée de lui quand il l'avait comparée à sa première femme, la nuit terrible de leur querelle.

— Elle était du reste parfaitement odieuse avec lui, avait précisé l'un de ces bavards. Il ne méritait pas les affronts qu'elle lui infligeait en se laissant courtiser par d'autres hommes, en public.

— Aussi, avait ajouté un autre ami, avons-nous été peinés, mais pas surpris quand il a été question de séparation.

A ce moment, Hugo les avait rejoints et ils avaient

immédiatement changé de conversation, un peu honteux de leurs indiscrétions.

Cecilia était surprise ; elle avait peu entendu parler de Diana. Elle savait simplement qu'elle était blonde, et très belle. Maintenant, elle apprenait qu'elle avait été infidèle et que Hugo avait souvent perdu son sang-froid.

Une ombre sembla planer sur eux les jours suivants. Cecilia se demandait trop souvent si Diana avait visité tel ou tel endroit avec Hugo, s'ils s'étaient attardés dans tel ou tel restaurant ou s'il lui avait acheté un bijou dans tel ou tel magasin.

Pourquoi Hugo avait-il supporté l'inconduite de sa femme ? L'aimait-il si profondément ? Il était un si tendre, si parfait amant... Comment Diana avait-elle pu regarder d'autres hommes ?

Ou bien Hugo avait-il changé à mesure que le temps passait ? Etait-il ainsi seulement le temps d'une lune de miel ?

Elle se détestait d'avoir de si vilaines pensées. Elle décida d'oublier Diana et de songer seulement à son propre mariage, à son parfait bonheur.

Quelques jours de janvier furent pluvieux. Ils restaient alors dans un des salons, garni de livres et de charmantes peintures.

Les jours ensoleillés, ils visitaient Venise, parcourant les ruelles étroites, tortueuses, pleines de charme, encombrées d'enfants qui couraient, se poursuivaient, riaient. Parfois ils prenaient leurs repas dans un luxueux palace, d'autres jours, dans des petits restaurants typiques où Hugo se régalait de lasagnes à la sauce tomate. Ils essayaient tous les vins, les sombres, lourds, épais, comme les vins légers à la couleur de rubis ou d'alexandrine. Et ils se régalaient de gâteaux et de glaces.

Une nuit, il y eut une fête sur la place Saint-Marc éclairée de torches vacillantes qui reflétaient les visages bruns et rieurs des Italiens.

Cecilia et Hugo avaient loué un balcon d'où ils

pouvaient suivre les allées et venues de la foule et
entendre la musique.

Cecilia, muette d'admiration, serrait le bras de
Hugo à lui faire mal. L'actrice en elle s'éveillait
devant ce décor des mille et une nuits, pour une
pièce où les acteurs étaient une ville entière.

Plus tard, la musique joua des airs de danse. Tous
deux descendirent se mêler à la foule, et tournèrent
jusqu'à être épuisés. Puis ils revinrent vers leurs amis
italiens pour bavarder, boire le vin frais et manger de
délicieux gâteaux au miel.

Cependant, un incident surprit Cecilia. Elle remarqua que leur aimable amie italienne regardait souvent
vers un balcon voisin et que les regards lui
étaient rendus, accompagnés de gestes hostiles.

Le lendemain, pendant un petit déjeuner tardif,
Cecilia s'en ouvrit à Hugo.

— Avez-vous remarqué, chéri, les gens qui, sur
un balcon proche du nôtre faisaient des gestes peu
amicaux vers nous ?

Il lui jeta un regard vif.

— Vous êtes très observatrice, Cecilia. Oui, cette
famille était dans l'opposition ces dernières années.
Notre ami Antonio pense qu'ils ont trahi Venise. Il
les déteste. Son fils a été tué pendant les troubles.

— Voilà l'explication... Je sentais de la haine
dans ces regards. C'était pénible.

Elle appuya sa tête au dossier du canapé.

— C'est horrible de voir mourir son fils dans
une guerre. Comment une femme peut-elle supporter
cela ? murmura-t-elle.

— Autrefois, il y aurait eu une vendetta. Ces Italiens sont ardents et constants dans leurs haines,
comme dans leurs amours. Et les femmes peuvent
être aussi féroces. Elles encouragent les hommes et,
parfois, les aident... C'est vrai, Cecilia !

Elle ouvrit des yeux stupéfaits. Hugo semblait
admettre l'idée.

— Vous plaisantez, chéri. Qu'est-ce qu'une vendetta ?

— Non. Je ne plaisante pas. Une vendetta ?
Voici comme on m'a expliqué la chose, à mon dernier voyage ici. Le départ en est parfois un mince
incident. La vendetta est supposée être d'origine corse.
Mais tous les peuples de la Méditerranée la prati-
quent.

Cecilia se redressa, délaissant son assiette.

— Que se passe-t-il alors ? Continuent-ils à se
battre longtemps ?

— Très longtemps. Vous avez du miel sur le coin
de la lèvre, chérie. Ce qui enlève beaucoup de sérieux
à vos propos...

Elle s'essuya les lèvres et reprit gravement, gênée
par la légèreté du ton de son mari :

— C'est barbare !

— Oui, mais c'est ainsi. Toute la famille finit
par y prendre part, les frères, les sœurs, les oncles,
les neveux, les cousins...

— Horrible ! Mais, cela se passait autrefois,
n'est-ce pas ?

— En certains pays, cette tradition se perpétue
encore. Malgré les efforts de la police et du clergé.
C'est leur conception de l'honneur. Ils ne le retrou-
vent que lorsqu'il se jugent vengés.

— C'est affreux !

Elle regardait Hugo, troublée. Dans ce palais
luxueux et raffiné, elle ne pouvait concevoir une telle
barbarie.

— En Angleterre, cela ne pourrait jamais arriver !

— C'est ce que disait Diana, remarqua Hugo,
sans se rendre compte que Cecilia frissonnait chaque
fois que ce nom était prononcé. Elle assurait que,
chez nous cela ne pourrait se produire, mais Laurence disait que cela existait aussi, sous une autre
forme. Le duel, par exemple, est admis en Angleterre et l'honneur n'est pas satisfait tant que l'adversaire n'est pas mort ou, au moins, blessé. Quelquefois,
le combat continue avec un parent du mort...

Il s'arrêta pour boire son brandy. Cecilia le regardait, troublée. Hugo ne semblait pas très choqué par ces mœurs qui lui paraissaient naturelles.

Combien elle le connaissait peu, en réalité ! songeait-elle. Il était violent, il s'entendait merveilleusement avec ses amis italiens. Comme eux, il avait la peau sombre et les yeux noirs.

— Avez-vous la même conception de l'honneur ? demanda-t-elle, la voix tremblante.

Il la fixa, les yeux mi-clos.

— Peut-être, dit-il finalement avec une touche de dureté. Si la femme que j'aimais me trompait, oui, je me vengerais ainsi... si je connaissais l'homme...

Elle frissonna. Pendant un affreux moment, elle se sentit effrayée. Il semblait avoir réfléchi à la question. Comme s'il avait eu à la régler, un jour... Comme s'il pouvait recommencer...

Hugo semblait nerveux. Il se leva, prit un cigare et l'alluma mais sans le fumer.

— Je pense au temps où nous nous querellions tous, admit-il enfin, avec une certaine répugnance. Nicky était odieux, diabolique, même ! Il faisait la cour à une Italienne qu'on avait vue certain soir avec un autre. Laurence le taquinait à ce sujet. Nicky était fou furieux. Je dus les prendre à part et les sermonner tous les deux, aidé de James, le mari de ma sœur Amanda. D'ailleurs, la femme ne valait pas la peine d'une dispute. Elle était connue pour être facile. Laurence et Nicky sont toujours insupportables quand ils sont ensemble. Surtout Nicky. Il s'est battu deux fois en duel sans que je puisse faire quoi que ce soit pour l'en empêcher.

— Mais les duels sont interdits maintenant.

Hugo haussa les épaules.

— Beaucoup se passent de publicité. Quand j'étais jeune, je me suis battu en duel une bonne douzaine de fois...

Cecilia frissonnait et Hugo finit par s'en apercevoir.

— Mon Dieu, ma chérie, pourquoi ne pas m'avoir dit que vous aviez froid ? Allons nous promener au soleil. Il y fait meilleur que dans ces vieux murs. Laissez-moi choisir la robe que vous allez mettre, mon amour.

Il avait complètement changé d'humeur. Elle le laissa décider et quitta le palais vêtue d'une robe bleu saphir, avec le manteau assorti. Ils terminèrent la promenade en gondole.

Cette nuit-là Hugo fut un tendre amant. Sa personnalité pouvait avoir de nombreuses facettes, mais, avec elle, il était toujours bon, empressé et doux. Cependant, elle ne pouvait tout à fait oublier la douzaine de duels et son tempérament violent.

Durant le reste de leur séjour à Venise, ils ne parlèrent ni de théâtre ni de l'avenir de Cecilia comme actrice. De la même façon, ils négligèrent de répondre aux nombreuses lettres des amis et relations. Seul le présent comptait. Il était à eux, et rien qu'à eux.

*
* *

Ils ne rentrèrent à Londres qu'à la mi-février. Cecilia était profondément inquiète de ce qui suivrait cette merveilleuse lune de miel.

D'une part, elle avait pratiquement rompu avec le théâtre, chose impensable jusque là, et avec son père, ce qui était un grand péché. Elle s'inquiétait aussi pour Hugo, car, depuis que le départ avait été décidé, il était sombre. Quand elle parlait de retourner sur la scène, il changeait de sujet. Elle n'avait donc qu'à attendre et voir ce qu'il serait possible de faire, sans en parler.

Ils arrivèrent à Londres par une journée pluvieuse et triste, furent conduits directement dans la grande maison de famille. Amanda les y accueillit avec sa fille Peggy.

Toutes deux furent chaleureuses et cordiales et Cecilia en fut réconfortée. Lady Margaret, la marquise douairière, était en visite chez des amis à la campagne, avait expliqué Amanda, évitant les yeux interrogateurs de son frère. Laurence et Nicky étaient également absents pour quelques jours, et reviendraient bientôt. Ils avaient écrit un mot de bienvenue pour leur nouvelle cousine.

Amanda leur avait fait préparer le grand appartement au deuxième étage. Hugo et sa première femme avait dû l'occuper auparavant, pensa Cecilia le cœur serré, bien qu'il n'y eut aucun souvenir visible de Diana dans ces chambres aux meubles massifs. Les draps étaient frais et sentaient la lavande. Amanda avait fait porter une grande psyché pour Cecilia.

— Vous avez besoin d'une bonne lumière pour vous maquiller, n'est-ce pas ?

C'était dit si gentiment, si innocemment, que Cecilia ne put croire qu'il y eut une intention cruelle dans son propos.

— J'ai posé la question à une amie qui a fait du théâtre.

Cecilia la remercia en souriant.

Sa femme de chambre avait été choisie par sa belle-sœur, jeune, mais active et consciencieuse. Cependant, Cecilia était triste en pensant à May qui avait sans doute été demandée par une autre actrice.

Elle fut heureuse d'apprendre qu'on leur avait réservé une soirée tranquille pour leur retour à Londres. Peggy se couchait de bonne heure. Après les enfants italiens, bruyants et dissipés, cette petite fille semblait presque trop sage, trop gentille. Hugo posa négligemment quelques questions sur ce qui s'était passé à Londres en leur absence, demanda à sa sœur quels amis étaient en ville.

— Il faut arranger une présentation à la Cour pour Cecilia, dit-il soudain.

La malheureuse eut grand peine à cacher son inquiétude.

— Bien sûr ! J'en ai déjà parlé à ses futurs parrains. Grand-mère est trop fatiguée pour s'occuper de tout cela elle-même.

De nouveau, il y eut entre le frère et la sœur un

regard complice que Cecilia capta. Elle se retira très
vite, fatiguée de sa longue journée.

Au milieu de la nuit, elle fit un cauchemar qui la
réveilla en sursaut. Dans une obscurité inhabituelle,
elle étendit le bras instinctivement à la recherche de
Hugo. Il n'était pas là. Il lui fallut un instant pour se
souvenir qu'elle était à Londres et que la chambre
de Hugo était à côté de la sienne.

La lune de miel était terminée, pensa-t-elle, et elle
enfouit peureusement sa tête dans l'oreiller. Elle ne
pouvait comprendre pourquoi elle se sentait si inquiète.
Hugo était toujours le même : un mari attentif et
tendre. Il savait qu'elle était fatiguée et l'avait laissée
se reposer. Seule. Voilà tout.

Elle dormit très tard, plus fatiguée encore, sans
doute, qu'elle ne l'avait pensé. Il était presque onze
heures. Elle sonna pour son thé. La femme de chambre
lui apporta non seulement le thé qu'elle attendait mais
son petit déjeuner complet sur un grand plateau
d'argent.

— Personne ne descend donc pour le petit déjeuner ? demanda-t-elle timidement.

— Non, madame. Le petit déjeuner n'est servi à
la salle à manger qu'entre neuf heures et dix heures
du matin. Le lunch est à une heure. Le jeune Nicky
et monsieur Laurence sont rentrés de voyage ce matin
et lady Margaret revient demain, m'a dit le maître
d'hôtel.

Sa toilette terminée, Cecilia choisit une robe de
soie grise très classique et le manteau assorti. On attendait certainement d'elle une tenue élégante pour le
déjeuner.

Un moment, elle pensa avec regret aux repas léger
où, vêtue d'un déshabillé, elle écoutait May bavarder, rapporter des potins de théâtre.

Elle soupira et descendit à une heure le large
escalier couvert d'un tapis rouge jusqu'au salon du
rez-de-chaussée. D'après sa femme de chambre, c'était
là que leurs invités devaient l'attendre. Une perle,

cette Hetty ! Elle était en service dans la famille
depuis des années et serait précieuse à Cecilia.

Celle-ci se demandait pourquoi Hugo n'était pas
venu la prendre chez elle pour l'amener à leurs hôtes.
La raison, elle la découvrit dans le salon même. Il
était rempli d'invités : Laurence, Nicky, Bobby Richardson, Lord Warton et une ravissante jeune femme qui
lui fut présentée comme lady Luella Paxton.

Luella était grande, mince brune, avec le teint
mat des Italiennes. Son regard impérieux disait l'importance qu'elle se donnait...

Elle portait une robe fort élégante, un long rang
de perles, un chapeau orné d'une plume d'autruche.
Et Hugo, légèrement penché vers elle, écoutait avec
attention ce qu'elle disait.

Il vint vers sa femme dès qu'elle parut, lui prit
la main et la baisa.

— Vous paraissez reposée, dit-il doucement, le
regard attentif et tendre, en lui souriant.

Elle pensa : « Seigneur ! Je suis jalouse, déjà ! »

Et elle lui sourit gentiment à son tour.

— Tout à fait reposée, merci, chéri.

Elle fit le tour du salon pour saluer tout le
monde et alla ensuite s'asseoir auprès d'Amanda,
toujours ouverte et amicale avec elle. Cecilia avait tout
de suite senti que la sœur de Hugo désirait qu'elle se
plût chez elle, dans sa nouvelle famille. Peggy s'installa à ses pieds, adorable dans sa robe rose, ses
cheveux bien coiffés retenus par un ruban de même
couleur.

La présence de l'enfant rendait les choses plus
faciles pour Cecilia. Quand elle se sentait trop étran-
gère aux potins qui s'échangeaient, elle se tournait
vers la petite fille et lui murmurait quelques mots au
sujet de sa poupée ou des enfants italiens. La petite
l'écoutait avec une grande attention, et répondait en
un murmure confidentiel. On la sentait avide d'affection. Toutes deux se considéraient comme complices.

Amanda était encore en noir. Un noir mat qui
semblait affreusement triste. Lorsqu'elle cessait de

sourire, son expression faisait peine à voir. Cecilia la
plaignait de tout son cœur.

Une gouvernante vint chercher Peggy et tous se
dirigèrent vers la salle à manger pour le déjeuner.
Une immense pièce pouvant contenir vingt-quatre
convives. Amanda installa au centre de la table une
Cecilia assez inquiète. Elle ne connaissait pas assez la
marche de la maison pour donner le moindre coup
d'œil utile en direction des valets. Mais elle se rendit
vite compte que ce n'était pas nécessaire. Le maître
d'hôtel était efficace, les domestiques, expérimentés.
Elle fut rassurée.

Cependant les bribes de conversation qu'elle
recueillit la déconcertèrent. Il était question d'aller
prendre le thé chez une douairière, et de dîner chez
une autre personnalité. Elle avait projeté pour sa
part de se reposer un long moment. Ensuite, d'aller
voir son père et sa belle-mère. Et, enfin, de savoir
si May avait bien trouvé du travail. Elle devait également voir M. Brayton et lui dire ce qu'il en était
de ses projets de théâtre. Elle essaya de capter le
regard de Hugo. Il était toujours occupé par ses voisines, Luella d'un côté et une duchesse aux cheveux
carotte de l'autre.

Quand elle réussit à lui parler seule à seul, elle
essaya de lui expliquer qu'elle ne pouvait être des
leurs cet après-midi. Mais elle fut très sévèrement
contrariée dès les premiers mots.

— Bien sûr, vous serez des nôtres, Cecilia. Vous
n'êtes pas malade, n'est-ce pas ?

— Non, mais j'ai beaucoup à faire.

— Sottise ! ma chère !

Et il la quitta brusquement. La vie mondaine les
séparait déjà, semblait-il.

Sans plaisir, elle changea sa robe grise pour une
toilette de soie cerise pour le thé et un ensemble de
satin vert garni de dentelle pour un insupportable et
trop long dîner pendant lequel tout le monde riait et
s'exclamait à des plaisanteries qui ne rimaient à rien
pour elle. Toutes étaient aux dépens d'amis absents.

Elle rentra dans sa chambre vers trois heures du matin, plus fatiguée qu'un soir de première.

Le lendemain risquait d'être une simple répétition du premier. Mais Cecilia avait réfléchi. Elle ne se laisserait pas emporter dans cette ronde folle. Elle prévint Hugo qu'elle devait aller voir son père, commanda la voiture et s'y rendit.

Hugo répondit qu'il ne pouvait l'accompagner, ayant des invités. Il semblait fâché qu'elle ne fût pas pressée de rencontrer tous ses amis.

— Vous devez faire leur connaissance le plus vite possible.

— Je sais, Hugo, mais je dois voir mon père au sujet de quelques affaires.

Ils étaient dans la chambre de Cecilia et la femme de chambre s'était discrètement retirée. Hugo s'appuya à sa chaise et jeta à sa femme un regard aigu.

— Vous pensez revenir au théâtre, n'est-ce pas, Cecilia ?

— Naturellement, j'y pense. Je dois faire part de ma décision sans tarder à monsieur Brayton, mais mon désir est de jouer de nouveau, un jour.

Il eut un rire taquin.

— Ce ne serait pas très convenable pour une marquise...

— Mais... je suis une actrice, Hugo. J'ai appris mon métier. Je pense qu'en m'en tenant à une ou deux pièces par an...

— Non, répondit-il, avec un accent de grande tendresse. Je vous veux pour moi seul. Et tout le temps !

Il vint près d'elle, lui saisit les deux mains et l'embrassa passionnément.

— Mais... Hugo...

Son contact, comme toujours, lui enlevait toute force. Elle était en plein désarroi. Il avait accepté, pourtant, qu'elle continuât sa carrière. Il s'écarta.

— Vous reviendrez très vite, chérie. Je m'ennuie déjà de vous... Et nous avons des hôtes pour le thé. Vous serez de retour à ce moment, n'est-ce pas ? De plus, grand-mère arrive aujourd'hui. Elle compte certainement que vous serez là pour l'accueillir.

— J'essaierai, Hugo.

— Ah ! J'oubliais. Ce soir nous dînons chez Bobby. Il y a une grande réception en notre honneur. C'est toujours très amusant chez lui. Oh ! J'aimerais... Oui, mettez votre robe de satin mauve...

Cecilia se rendit seule à l'appartement de son père. Il l'attendait impatiemment. Rose et M. Brayton étaient là aussi.

Il y eut des embrassades, longues et répétées, qui firent plaisir à Cecilia, bien qu'elle sût que toutes n'étaient pas désintéressées.

Après un déjeuner sympathique suivi d'un excellent café, M. Brayton regarda attentivement Cecilia en allumant une cigarette. Puis, il dit assez sèchement :

— Je me demande que faire à votre sujet.

— Je pensais bien que vous seriez très fâché, surtout après votre grande gentillesse pour nous tous.

— J'ai été très en colère, oui. Quand j'ai vu comment cela se présentait, j'ai fait apprendre le rôle à Jany Fields. Et elle ne s'en est pas mal tirée. Naturellement le public était très désappointé et j'ai eu pas mal de remboursements à faire.

— Je suis désolée. Pensez-vous tenir longtemps avec cette comédie ?

— Non. Je vais l'arrêter bientôt. Mais j'ai besoin de connaître vos projets pour l'avenir.

Elle soupira, très malheureuse, avant d'avouer :

— Mon mari ne me désire pas que je revienne à la scène. Mais nous n'avons pas encore traité le problème au fond et aucune décision n'est réellement prise. Cependant, mon premier devoir est mon devoir d'épouse. Et j'ai un mari jaloux...

— Et violent ! ajouta son père. C'est bien connu. Ah ! Cecilia, si tu t'étais confiée à moi, je ne t'aurais pas laissée ainsi ruiner ta carrière.

— Elle n'est pas encore ruinée, père, répondit-elle vivement.

Regardant un long moment dans le vide, elle ajouta :

— Je ne sais que penser. Je veux jouer Nora. Peut-être y parviendrai-je.

— Cela signifie, en tous cas, dit M. Brayton, que vous ne serez pas parmi nous avant quelques mois, en mettant les choses au mieux. Donc, je vais reprendre une tragédie classique avec Helena Everest, et nous verrons plus tard. A moins que vous ne vous sentier alors trop grande dame pour nous revenir...

Elle fit un geste énergique de dénégation.

— Vous savez bien que non, monsieur. Il faut seulement que j'arrive à convaincre mon mari. J'espère y parvenir. Gardez-moi *Maison de Poupée,* si vous le pouvez.

Il eut un petit rire.

— J'y suis bien obligé. Je n'ai personne d'autre capable de tenir ce rôle.

— Avant de les quitter, Cecilia apprit avec plaisir que M. Brayton avait engagé de nouveau May pour un petit rôle et en même temps comme habilleuse de Jany Fields.

— Oh ! Merci ! Voulez-vous lui dire que je la verrai bientôt.

Elle fut désolée, en rentrant chez elle, d'apprendre que toute la compagnie était partie pour le thé quelque part avant de se rendre chez Bobby. Hugo lui avait laissé un mot lui demandant de les rejoindre chez lui. Sa grand-mère avait différé son retour, avait-il ajouté, en post-scriptum.

Cecilia n'avait aucune envie d'obéir. Elle envoya par porteur un mot pour s'excuser. Elle était fatiguée et se coucherait de bonne heure. Et c'est ce qu'elle fit.

Comme il était bon de se retrouver seule un moment. Le mariage était si exigeant ! Elle avait envie parfois de matinées paresseuses, dans une robe de chambre qui ne soit pas d'apparat, avec des mules dansant au bout de ses pieds nus. Un moment de tranquillité pour lire les journaux... ou ne rien faire...

Elle commençait à craindre que la vie mondaine ne soit encore pire qu'elle ne l'avait envisagée...

Le lendemain, Hugo était vexé quand elle le revit.

— S'il vous plaît, Cecilia, ne m'embarrassez plus comme vous l'avez fait hier soir. Tout le monde vous attendait.

Le ton était très sec.

— J'avais à faire, Hugo.

— Vous avez aussi des obligations, ici.

Elle sut qu'il était très fâché quand il partit pour sa promenade à cheval tout de suite après le petit déjeuner. Elle descendit au salon de bonne heure et y trouva Nicky, déjà installé, un verre de brandy à la main.

Il se leva nonchalamment et vint s'incliner sur sa main.

— Vous prendrez quelque chose ?

— Non, merci.

— Vous vous êtes déjà querellée avec Hugo ? J'aurais pu vous prévenir. Il était toujours en bagarre avec Diana. Ce qu'ils ont pu se disputer en Italie, pendant notre dernier séjour là-bas ! J'ai été content quand ils sont partis pour Rome !

— Diana... Elle était jolie ?

— Oui. Très. Un peu dans votre genre, mais avec des yeux bleus. Et très gâtée. Elle n'en faisait qu'à sa tête.

« Oh ! Cela ne faisait pas de mal à Hugo ! Lui aussi est un enfant gâté. »

Cecilia fronça le sourcil. Elle n'avait pas encore eu, réellement de querelle avec lui. Mais elle n'avait pas l'intention d'abandonner le théâtre. Elle pouvait donc en prévoir... D'un autre côté, elle ne voulait pas que Hugo doute de son amour. La partie serait difficile.

— Elle est morte dans cette chambre, dit tout à coup Nicky d'une façon très inattendue.

— Elle allait avoir un enfant ? demanda Cecilia.

— Oui. Hugo disait qu'il en était très heureux.

Ce soir-là, elle n'avait pu l'accompagner ; elle ne se sentait pas bien.

« Quand nous sommes revenus, les lumières étaient éteintes dans le salon, les fenêtres ouvertes et Diana était à terre, couverte de sang. C'était horrible ! Elle s'est évanouie après avoir chuchoté qu'elle avait été attaquée par un homme. Le médecin est venu. L'enfant était en train de naître... beaucoup trop tôt. Ils sont morts tous les deux.

— Et... l'homme ?

— Il n'a jamais été retrouvé.

Cecilia était immobile, silencieuse. Une grande frayeur l'avait subitement envahie. Ses mains étaient glacées.

— Hugo était avec vous ?

— Non. Nous étions au théâtre, avec quelques amis. Il nous a quittés dès le premier acte. Il était nerveux, ne pouvait rester en place, nous a-t-il expliqué ensuite. Il a erré, seul, à travers les rues. Laurence a essayé de le trouver pendant l'entr'acte. Il n'a pu le joindre.

— Et... quand vous êtes revenus à la maison, il était avec vous ?

— Il est arrivé tout de suite après. C'est Laurence qui a trouvé Diana le premier. Il y a trois ans de cela. Horrible !

Amanda entra à ce moment, sa jupe noire traînant sur les précieux tapis de Perse. Elle s'assit près de Cecilia.

Cecilia observait le visage des deux cousins et pensait que la richesse ne faisait pas le bonheur. Nicky buvait trop et Amanda...

Elle n'avait jamais vu une famille aussi malheureuse, malgré les rires qui éclataient parfois dans les grandes pièces.

— Grand-mère est arrivée ce matin, dit Amanda. Elle s'est déjà retirée dans sa chambre et ne veut voir personne.

Hugo et Laurence entrèrent ensemble, semblables et cependant différents. Il y avait de la force, et de

la volonté chez son mari, de l'orgueil et de la vigueur
dans le dessin du menton, dans l'éclat très direct,
très franc de ses yeux.

Chez Laurence, quelque chose l'étonnait. Il avait
du charme, mais ses yeux évitaient les autres regards.
Il était cynique mais pas à la façon de Hugo qui
avait souffert. Le cynisme de Laurence ressemblait à
un manque de foi, une impossibilité de faire confiance
aux autres.

Elle ne pourrait jamais lui faire confiance. Elle
se souvenait de la façon moqueuse et méchante dont
il avait parlé, d'elle et de son cousin, au sujet du
bracelet d'émeraudes.

Tandis qu'elle l'examinait, Laurence leva son
verre.

— Nous voilà ! Les derniers des Kinnaird.

C'est Hugo qui releva le propos, d'une façon
inattendue.

— Je ne sais pas quelles sont vos intentions,
mais, moi, je désire un fils ! dit-il en regardant
Cecilia.

Celle-ci rougit et, lorsqu'elle releva les yeux, elle
rencontra le regard étrange de Laurence. Un coup
d'œil glacial à vous couper le souffle !

— Est-elle déjà dans un état intéressant ? demanda
Nicky, ironiquement, en remplissant une fois de
plus son verre.

— C'est cela ! Dites-le nous ! dit Laurence, à son
tour.

— S'il en était ainsi, je préviendrais d'abord Hugo,
répliqua calmement Cecilia qui détestait ce genre de
conversation.

Hugo frappa si violemment son verre sur le rebord
de la cheminée qu'il se brisa. Il y eut un moment
de silence.

— Parlons plutôt de ma Ketty, gloussa Nicky
sans prendre garde à l'avertissement. Elle me réclame
de l'argent. Franchement, Hugo, nous avons besoin
d'un petit supplément de pension. Le jeu nous a
ruinés, cette nuit.

Laurence le fit taire, le visage enfiévré de colère.

— Nous discuterons de cela dans le bureau de Hugo. Pas en public, sombre idiot !

— Vous devenez de plus en plus grossier, Nicky. Comment pouvez-vous parler ainsi en présence de vos cousines ? dit Hugo.

Il gifla le garçon avec une violence qui le fit chanceler.

Cecilia serra la main d'Amanda pour qu'elle se tût. Elle n'aurait jamais pensé que Nicky se permettrait de tels propos, surtout en leur présence.

— Je vous verrai dans mon bureau, dit Hugo sèchement.

Amanda entraîna Cecilia.

— Allons déjeuner, Cecilia.

Dans le hall, elle ajouta :

— Ne vous inquiétez pas. Ils se sont toujours querellés. Demain, vous les verrez partir bras-dessus bras-dessous, pour leurs fêtes habituelles.

— Je déteste ça, murmura Cecilia.

— Moi aussi. Nous devons seulement leur pardonner et oublier leur sottise.

Cecilia ne savait que dire, que penser. Il était affreux de constater que deux cousins, et mieux encore, deux frères puissent être aussi désagréables entre eux. Le mot haine lui vint à l'esprit. Pas par hasard. Elle avait cru la ressentir comme quelque chose de tangible, presque de diabolique dans la pièce, un moment auparavant.

CHAPITRE VI

Lady Amanda, debout devant la vaste armoire, étudiait sa garde-robe. La penderie était pleine des robes de couleur qu'elle portait naguère. La jaune ornée de volants la fit soupirer.

Comme elle l'avait aimée ! Et comme elle avait dansé, ainsi vêtue avec James ! Sa femme de chambre la regardait.

— Quelle robe mettrez-vous, Madame ?

— La noire, en dentelle et crêpe de Chine. Et mon rang de perles.

Elle s'assit près de la fenêtre et plongea un moment son regard triste sur la rue humide et grise.

— J'aimerais retourner bientôt à la campagne, maintenant que le printemps arrive.

— Bien sûr, dit la servante, avec la familiarité que donne un long service. Vous y seriez mieux, et, avec lord Hugo marié maintenant, ce sera gai à Barrington Court. Quelle jolie femme il a ! La jeune Peggy est toujours dans ses jupes. Elle l'adore !

Amanda sourit en pensant à Cecilia. Elle était si charmante, si vive, si spirituelle ! Et son regard, si plein de malice, parfois ! Au déjeuner, elle avait fait rire tout le monde... Sauf grand-mère, qui ne souriait plus guère, ces derniers temps...

— Je pense que le bal sera réussi, murmura-t-elle.

Amanda l'avait décidé après beaucoup d'hésitation, mais elle avait pensé qu'il était nécessaire pour introduire sa belle-sœur dans la société. Hugo l'en avait remerciée très gentiment. Il adorait sa femme, cela sautait aux yeux !

Comme Peggy, il était toujours suspendu à ses jupes, mais d'une autre façon : masculine, exigeante. Il était jaloux des attentions des autres, même celles de sa famille. Et Cecilia semblait l'adorer, lui prenant souvent la main, le suivant des yeux avec un regard plein d'amour.

Amanda soupira de nouveau. Cela lui rappelait le temps de son bonheur avec James.

A dix heures, Amanda était à la porte de la salle de bal pour recevoir les invités. Elle les avait choisis très soigneusement : des amis de Hugo ou d'elle-même.

Elle voulait que, ce soir-là, Cecilia se sente à son aise. La présentation à la Cour serait bien assez difficile... Elle était une inconnue venant de nulle part, avait dit un jour, nettement, sa grand-mère en parlant d'elle.

Laurence fut l'un des premiers à arriver.

— C'est parfait, vous m'aiderez à recevoir nos hôtes. Tout le monde arrive toujours en même temps.

Il lui sourit, un peu moqueur.

— Vous êtes bien décidée à ce que Cecilia soit bien acceptée, n'est-ce pas ? C'est chic de votre part.

Amanda rougit et se détourna pour accueillir Gilbert Dysart qui la salua, incliné très bas sur la main qu'elle lui tendait. Ainsi, très proche d'elle, il murmura :

— Cela vous fait plaisir d'endeuiller toute une fête ?

Elle le regarda sévèrement.

— Si vous devez me faire encore la leçon...

Hugo et Cecilia firent leur entrée et elle en eut le souffle coupé. Sa belle-sœur portait une robe de soie blanche à la jupe ample couverte de volants de dentelle, à la taille bien marquée, et, autour du cou, un collier d'émeraudes magnifiques. D'autres émeraudes ornaient ses oreilles et son bras nu.

Vêtu de blanc lui aussi, Hugo était rayonnant de bonheur et éperdu d'admiration. Amanda se réjouit. Comme ces deux-là s'aimaient !

Son frère entraîna sans plus attendre sa femme pour une danse. Les murs miroitants de lumière semblèrent plus brillants encore, soudain, comme si la chevelure et les yeux verts de Cecilia renvoyaient les éclairages en les magnifiant.

Amanda vit Gilbert venir vers eux. Il sourit et demanda une valse à Cecilia. Elle s'en sentit inexplicablement irritée, en allant à la rencontre de nouveaux arrivants.

Un peu plus tard Laurence vint chercher Amanda pour la conduire au buffet. Il la sentait déprimée et lui fit boire un peu de champagne.

— Est-ce vrai, Laurence, que j'attriste tout le monde avec mes robes noires ? demanda-t-elle. Pensez-vous que je doive cesser d'en porter ? Gilbert me le répète chaque fois que je le vois.

— C'est ridicule ! Lui-même a été triste pendant des années après la mort de sa femme. Et pourtant, tout Londres savait qu'elle le trompait tant qu'elle pouvait...

Elle jeta un regard étonné sur Gilbert qui tournoyait avec Cecilia. Il avait l'air gai et, ce soir, il était élégant, dans sa tenue de velours marron.

— Aimeriez-vous danser, Amanda ? demanda Laurence gentiment. Non pas que je désapprouve votre deuil prolongé, mais peut-être cela vous ferait-il du bien ?

Amanda hésita. C'était tentant. Elle avait toujours adoré la valse. Laurence eut un sourire engageant et la prit par la main. Un instant plus tard, elle tournoyait allègrement, riant de se sentir étourdie, et heureuse des compliments qu'il lui faisait.

Quand Gilbert à son tour l'invita, elle eut très envie

de refuser, mais c'eût été trop discourtois. Elle lui permit donc de l'entraîner sur la piste de danse.

— Voilà qui est mieux, n'est-ce pas ? Je pourrais presque aimer Laurence pour vous avoir enfin décidée.

Vers la fin de la soirée, Hugo s'assit près d'Amanda. Cecilia dansait avec Laurence.

— Il ne reste jamais aussi longtemps dans les réunions de famille, grommela-t-il. Ce soir il doit se plaire ici.

— Bien sûr ! dit Amanda, souriante et un peu rose. Il m'a persuadée de danser de nouveau. Peut-être devrais-je cesser de porter le deuil. Qu'en pensez-vous ?

— Hum ! répondit distraitement Hugo. Il n'avait visiblement rien entendu de ce que venait de lui dire sa sœur. Il fixait Cecilia, et sourit gentiment à Amanda pour s'excuser.

— Je dois avouer que je suis terriblement jaloux, soupira-t-il. J'aime que Cecilia soit belle, je suis fier d'elle. Mais quand un garçon comme Laurence la tient dans ses bras et que je la vois rire comme en ce moment...

— Hugo ! gronda-t-elle, la main posée sur sa manche, Hugo ! Vous savez bien qu'elle vous adore !

— Vous croyez ?

— Evidemment !

— Comment le savez-vous ?

— Mais... par la façon dont elle vous regarde. Par la façon dont ses yeux s'éclairent quand vous vous approchez d'elle. Elle n'est jamais aussi belle quand vous êtes absent. Et... et elle ne peut s'empêcher de vous toucher...

Hugo sourit. Amanda était contente : elle avait dit exactement ce qu'il fallait dire. Elle était heureuse du bonheur de son frère.

Celui-ci la quitta brusquement et se dirigea vers Cecilia, qui terminait sa valse avec Laurence. Elle leva alors sur lui un regard éclatant de bonheur.

— Quel beau couple ! pensa Amanda. Et comme ils s'aiment...

Juste avant la dernière danse, elle rencontra le regard de Gilbert. Elle se raidit, se demandant s'il allait de nouveau l'inviter. Mais il s'arrêta pour saluer Cecilia et Hugo. Peu après, Gilbert entraîna la jeune femme. Amanda se sentit triste et solitaire, tout à coup.

Elle fut heureuse quand, le dernier invité parti, elle put regagner sa chambre où la fidèle Daisy l'attendait.

— Bonne soirée, madame ? demanda-t-elle en aidant sa maîtresse à retirer sa toilette noire.

— Oui, répondit celle-ci, distraitement. Je crois que Hugo et Cecilia ont passé une très bonne soirée.

Un peu plus tard, dans son lit trop grand, Amanda se tournait et se retournait sans trouver le sommeil. Elle avait encore les échos, moqueurs lui semblait-il, de la musique dans les oreilles. Et ne pouvait s'empêcher de penser à Gilbert, lui tournant délibérément le dos pour aller inviter Cecilia.

*
**

Les vents de mars égratignaient l'écorce frêle des quelques bourgeons qui avaient osé paraître dans les jardins. Cecilia s'arrêta pour regarder distraitement par la large fenêtre. Elle était lasse de se tenir bien droite pour que l'essayeuse puisse ajuster ses nouvelles toilettes.

Hugo était très difficile. Plus encore qu'un costumier de théâtre, pensait-elle, amusée. Elle passa la main sur son front fatigué. Depuis des semaines, Hugo était devenu fort exigeant. Il insistait pour qu'elle se fît faire de nouvelles toilettes, très modernes, de couleurs parfois un peu provocantes.

Et sa voix... Ils s'étaient vraiment querellés au sujet de la voix de Cecilia ! Pour le théâtre, elle avait appris à parler très clairement, très distinctement. Mais Hugo prétendait maintenant que cette voix était trop forte pour un salon, et qu'elle devait y veiller.

De la même façon, elle devait faire attention à sa manière de marcher. Pour être acceptée dans la

société, elle devait être plus modeste, plus semblable
à Amanda. Celle-ci avait rougi quand Hugo avait fait
cette réflexion devant elle, et protesté que le port de
Cecilia était magnifique et que tout le monde la suivait
des yeux quand elle pénétrait quelque part.

Hugo agissait comme si elle commençait une nouvelle carrière. Dans la vie réelle, celle-là. Il la surveillait aussi méticuleusement qu'un metteur en scène, une
actrice débutante. Oui, c'était exactement çà. Il voulait
une femme qu'il pût présenter dans le monde. Et lui
faire oublier qu'elle avait été comédienne.

Elle pinça les lèvres. Elle n'avait aucunement honte
d'avoir été actrice. Elle en était même fière !

Hugo entra dans la pièce et vint vers elle. Un bras
possessif vint s'enrouler autour de sa taille.

— Le déjeuner est prêt. Vous n'avez donc pas entendu la cloche, chérie ?

— Non. Désolée. J'arrive.

Il se pencha et déposa un baiser léger sur sa joue.

Elle aurait aimé que Hugo la laissât s'habiller comme
elle le désirait, mais il n'y consentait pas, et elle était
lasse de discuter pour ces détails.

— Vous n'êtes pas en train de bouder, par hasard ?

— Bouder ? J'espère que non, Hugo, dit-elle sur un
ton de plaisanterie.

Mais elle détourna vite la tête. Elle était tellement
occupée par des riens qu'elle n'avait même plus le
temps de réfléchir.

— Vous ne connaissez pas le monde, Cecilia. Il a
la critique facile. Et peu tendre. Je sais mieux que
vous ce qu'il faut choisir pour que vous vous sentiez
à l'aise. Vous souvenez-vous dans quel ordre vous devez
saluer les personnes présentes quand vous entrez dans
un salon ?

— Oui. J'ai consciencieusement étudié ma leçon,
Hugo.

Elle s'était forcée à sourire.

— Et maintenant, descendons vite déjeuner. Je ne
voudrais pas faire attendre votre grand-mère.

Cecilia sentait une impatience la gagner. Leur intimité avait été moins grande depuis quelques semaines.

— Je désire tellement que votre entrée dans le monde soit un succès ! Grand-mère m'a prévenu combien on bavardait déjà...

Amanda descendait le large escalier, sa jupe noire traînant sur les marches. Elle était dans ses mauvais jours, restait de longues heures enfermée dans sa chambre. Elle répondit distraitement au bonjour de Cecilia.

Durant tout le repas, Cecilia fut consciente du regard critique de lady Margaret. Cela la rendait nerveuse comme elle l'avait rarement été sur scène. Savoir que la grand-mère de Hugo la détestait et guettait le moment où elle ferait une maladresse était fort éprouvant. Elle fut soulagée quand le repas prit fin. Hugo s'excusa aussitôt et se retira dans son bureau. On avait apporté des papiers le matin de Barrington Court et il devait donner des instructions pour son régisseur, avait-il expliqué.

Aussi, dès qu'elle put s'échapper, Cecilia alla-t-elle faire une visite à Peggy.

— Vous venez jouer avec moi ? demanda l'enfant gravement.

— Oui. J'ai heureusement aujourd'hui un peu de temps libre, dit Cecilia gaiement.

Cecilia et Peggy s'assirent devant la maison de poupées qui occupait tout un mur de la nursery. De petits mannequins l'habitaient, jolies poupées vêtues richement. Cecilia sortit celle qui semblait la maîtresse de maison.

— Avons-nous quelqu'un pour le thé ? demanda Peggy ?

— Vous voulez dire ici, ou en bas ?

— Oh ! Ici ! En bas, il y a toujours quelqu'un, dit maman, et je ne peux pas descendre. Grand-mère craint que je fasse trop de bruit.

— Bientôt, chérie, on vous demandera de descendre pour le thé des grandes personnes et vous verrez que c'est quelquefois bien ennuyeux. Profitez de votre liberté tant que vous le pouvez !

La servante s'était arrêtée de repasser et les regardait. Cecilia se mordit trop tard les lèvres. Elle n'avait pas eu l'intention de laisser échapper cette confidence.

Elles préparèrent un thé pour les poupées et Cecilia fit rire Peggy aux éclats en imitant les voix des visiteuses. Le jeu les occupa un bon moment puis la petite eut une idée.

— Si nous allions visiter les greniers, tante Cecilia ? Vous aviez dit qu'un jour...

— Pourquoi pas, chérie ? Seulement il va faire froid là-haut. Il faut mettre un manteau. Moi, j'ai le mien. Allons !

Elles montèrent un escalier sombre dans une odeur de poussière et de moisissure. Hugo lui avait fait visiter ces combles un jour, rapidement. Aujourd'hui, elle pouvait s'attarder. Peggy était une bonne compagnie. Tout l'intéressait.

Cecilia commença par soulever une housse blanche recouvrant un ravissant sofa. Pourquoi avait-on relégué une si jolie chose au grenier ? se demandait-elle. Quel dommage ! Ce serait ravissant dans ce que la famille avait coutume d'appeler le salon des jades et qui était meublé d'horreurs.

Amanda avait un jour expliqué à sa belle-sœur que depuis la mort de James, elle ne pouvait supporter les couleurs.

Peggy et sa tante errèrent de greniers en greniers un long moment. Elles arrivèrent ainsi dans une pièce remplie de trésors. Dans une immense vitrine, Cecilia tomba en admiration devant un ensemble d'objets de jade d'une merveilleuse beauté. Des vases, probablement chinois, des statues minces et transparentes, déesses étranges et altières aux mains délicates. Des arbres de différentes sortes, du même jade ou des tons roses, blancs ou verts, portant des fruits merveilleusement taillés dans la masse. Cecilia toucha un de ces arbres miraculeux avec une grande tendresse. C'était exquis !

Elle avait posé la question à haute voix.

— Maman dit qu'ils détestent tous le jade maintenant, répondit Peggy de sa voix sage.

Cecilia se pencha vers elle.

— Ils détestent ces jolis jades ? Comme c'est étrange.

— Ils sont ravissants, approuva Peggy. Mais je n'ai pas osé interroger oncle Hugo. Maman a dit qu'ils sont liés à une tragédie.

Cette enfant aimait les grands mots, pensa Cecilia avec un sourire. Sans doute parce qu'elle était trop souvent seule.

— Vous ne trouvez pas qu'il fait très froid, ici, chérie ? Retournons chez vous. Vous me servirez le thé. Du vrai thé avec des scones.

Le visage de Peggy rayonnait de bonheur.

Dans la nursery, elles quittèrent toutes deux leur manteau. Lorsque le plateau arriva, Peggy se mit en devoir de faire le service avec un sérieux qui aurait mérité un plus vaste public.

— Prendrez-vous un peu de crème, madame ?

Et Cecilia de répondre avec juste ce qu'il fallait d'affection :

— Certainement. J'adore la crème, madame.

Cependant, au bout d'un moment, elle dut se résoudre à quitter la chère petite. Pour aller prendre un « vrai » thé, avec les grandes personnes. Elle soupirait en embrassant Peggy.

Elle passa une robe de velours violet qu'elle aimait et se trouvait en marche vers le salon quand elle entendit une violente altercation. Elle s'arrêta, appuyée à la rampe, pour voir Nicky passer comme un ouragan. Hugo le suivait, sortant de son bureau.

— ... Et si vous voulez, nous pouvons nous battre !

— Mais... que se passe-t-il ? s'exclama Cecilia, tandis que Hugo, grimpant les marches quatre à quatre, la dépassait sans paraître la voir.

Ils entrèrent comme des fous dans la salle de bal. Elle alla jusqu'au seuil, hésitante, puis se mit à crier en les voyant décrocher les épées suspendues au mur.

— Hugo ! Nicky ! Qu'est-ce que ça signifie ? Vous êtes fous !

Ils étaient déjà en position de combat. Aucun des deux ne portait de masque.

Laurence vint se placer derrière elle.

— Laissez-les seuls, Cecilia. Il y a longtemps que ça couve ! C'est une sottise, mais ils ne seront tranquilles que lorsqu'ils se seront battus. Ils ne vous écouteront pas.

— Mais... Laurence... Nous devons les arrêter. Tout de suite ! Pourquoi se battent-ils ?

— Problème d'argent, comme d'habitude !

— ... et je répète que vous êtes un idiot d'avoir épousé une actrice !... hurla Nicky, rouge de fureur.

Il s'élança, l'épée en avant et Hugo put parer aisément. Affolée, Cecilia regardait l'âpre bataille, les deux adversaires glissant dangereusement sur le parquet trop bien ciré. Près d'elle, Laurence semblait animé d'une secrète ardeur, la main crispée sur le bras de Cecilia. D'un effort elle se dégagea. Elle ne pouvait plus supporter ce spectacle.

— Arrêtez cette sottise ! ordonna-t-elle calmement. Je suis sûre que vous pourrez régler votre différend en hommes et non en gamins irresponsables.

— Arrêtez, répéta-t-elle en avançant vers eux.

— Reculez ! hurla Hugo.

Elle n'obéit pas et avança lentement pour se placer entre les deux hommes.

— Laurence, aidez-moi à leur faire entendre raison.

Finalement, Nicky abaissa son arme et Hugo en fit autant. Ils étaient tous deux écarlates et haletants.

Cecilia passa son bras sous celui de son mari, troublée par la puissance de ce corps contracté et nerveux.

— Allons dans notre chambre. Nous pourrons parler. Laurence, descendez avec Nicky. Nous règlerons cette affaire comme des gens sensés. Pas comme des fous.

Cecilia savait que Hugo allouait à ses cousins une pension mensuelle, sans les laisser jouir du capital, pour les protéger contre eux-mêmes. Ne ferait-il pas mieux de leur remettre dès maintenant la fortune qu'il comptait leur octroyer. Cela mettrait un terme à ces querelles.

— Je m'en vais ! cria Nicky en passant la porte. Puis il s'arrêta pour lancer la dernière flèche.

— Et n'attendez pas que je vous fasse des excuses. Je sais que vous tenez les cordons de la bourse, mais vous n'avez pas le droit de m'insulter.

— Vous insulter ? Je ne paierai plus un sou tant que vous continuerez à faire de telles allusions au sujet de ma femme !

Hugo pressa la main de Cecilia, trop choquée encore pour pouvoir prononcer un mot. Laurence entraîna la jeune femme vers le salon.

Quand il eut refermé la porte, il donna quelques explications. Il semblait que Nicky, lourdement endetté, ait demandé une nouvelle avance sur sa pension. C'était la deuxième fois en quelques jours et Hugo avait refusé.

Cecilia écoutait en silence, troublée.

— Ce n'est pas tout, dit-elle enfin. A mon sujet...

— Non. Il ne parlait pas de vous, assura Laurence en remplissant à nouveau généreusement son verre. Nicky faisait allusion à la première femme de Hugo, prétendant qu'il était responsable de sa mort.

— Oh ! Non ! Comment Nicky peut-il être aussi cruel !

— Et bien, en fait, il y a quelque mystère autour de cette mort, murmura Laurence, un peu embarrassé.

— Les Kinnaird sont des gens violents, je ne vous apprends rien. Hugo se disputait souvent avec sa première femme. Et elle était assez stupide pour aguicher quelques hommes, sous son nez, ce qui le rendait terriblement jaloux. Bref, quand nous partîmes faire un voyage en Italie, ce fut pire. Je ne sais exactement ce qui s'est passé. Mais Hugo, sa femme, Amanda et James décidèrent brusquement de se rendre à Rome. Nicky se crut insulté. Je ne sais si Diana l'avait encouragé, ou quoi...

Cecilia écoutait intensément, troublée. C'était là

une des versions qu'elle avait entendues au sujet de ce voyage.

— Et..., quand ils rentrèrent ? Je veux dire le soir de sa mort ?

Laurence se tourna et montra la large ouverture, derrière lui.

— C'est dans cette pièce qu'elle est morte. Bref, aujourd'hui Nicky a pratiquement accusé Hugo de l'avoir... enfin d'être revenu ici entre-temps et de s'être battu avec elle. Moi, je ne le pense pas. Je crois réellement qu'il a erré dans les rues, nerveux comme il était. Ils s'étaient disputés la veille. Mais Hugo est violent. C'est pourquoi je préférais vous mettre en garde, Cecilia, acheva-t-il avec un regard affectueux.

— Je sais qu'il l'est, murmura-t-elle, mais il m'aime.

— C'est vrai. L'an dernier, il a eu envie de se remarier. Il parlait de sa descendance. Grand-mère l'y encourageait. C'est la pauvre Irène qui a été choisie. Vous avez rencontré sa mère et son frère, Eric. La chère enfant avait pensé trouver aide et protection auprès de Hugo. Un mois après leurs fiançailles, il l'emmena à la chasse, un sport qu'elle détestait. Et vous savez ce qui arriva.

Cecilia craignait de tarir ce flot inattendu de réminiscences. Pourvu que personne n'arrive avant que Laurence ait terminé...

— Nous étions tous là, très excités par une chasse très prometteuse. Le renard et les chiens menaient un train d'enfer. Les coups de feu éclataient de partout. Nous revînmes vers le gros de la troupe pour trouver Irène, la tête presque arrachée. Qui avait tiré ? Tout le monde et personne. On n'a jamais su exactement ce qui s'était passé.

— Horrible ! balbutia Cecilia. On n'a vraiment rien su ?

Laurence parut embarrassé.

— Si, bien sûr ! Des potins, des ragots ! Là encore, Hugo a joué de malchance. Ils s'étaient disputés la

veille. Les domestiques avaient entendu Irène protester. Le lendemain, elle était morte...

Il se pencha et se versa un nouveau verre, le regard
noyé.

— Un jour, murmura-t-il, j'ai visité un asile. J'ai
vu des gens réellement fous. Eh bien, quand Hugo a
une crise, il me fait penser à eux...

Cecilia le fixait, paralysée par l'étonnement et la
terreur. Quand un valet frappa à la porte, elle sursauta comme si elle avait été atteinte par un coup de
feu.

— Voilà vos invités pour le thé ! dit Laurence, en
se levant.

— La duchesse douairière d'Arundelle, annonça le
valet.

Cecilia se leva pour recevoir la visiteuse et eut à
peine le temps de cacher le verre de Laurence. Les
fenêtres étaient ouvertes, et l'on pouvait apercevoir le
dos d'un homme s'esquivant discrètement. Cecilia soupira.

Les potins iraient bon train, cette semaine, encore !

CHAPITRE VII

Il y eut des moments, pendant cette triste période de sa vie, où Cecilia pensa sérieusement à fuir cette maison trop sombre et le caractère possessif de son mari.

Un jour elle mit son manteau, posa sur sa tête un chapeau peu voyant et prit ses clés. Un valet d'écurie attela un cheval à une des nombreuses voitures inemployées et la conduisit sans poser de questions à l'adresse qu'elle lui indiquait.

C'était la maison étroite qu'elle avait achetée dans la joie et la fierté. Elle n'avait pas congédié le personnel, mais avait continué à le payer sans le dire à Hugo.

Elle envoya son chauffeur à la cuisine où la cuisinière, une excellente femme, s'occupa de lui donner à manger.

Pendant que tout le monde était occupé, elle monta à son ancienne chambre et ouvrit quelques coffres. Des trésors en sortirent. L'éventail qu'elle avait manié complaisamment dans une de ses premières pièces, le voile de Juliette... Tout cela n'aurait rien eu à faire dans la vaste demeure des Kinnaird.

Elle sortit aussi le journal qu'elle avait tenu depuis ses débuts. Elle tournait les pages lentement, perdue

dans ses souvenirs. Elle en était arrivée aux dernières
années quand son valet l'appela pour le déjeuner.
Debout près d'elle, il lui donnait, en la servant, des
nouvelles qui lui faisaient plaisir.

— Madame Endicott ne joue pas en ce moment.
Elle sert d'habilleuse à mademoiselle Jany Fields et
elle aura un petit rôle dans la nouvelle pièce.

— Pense-t-on que le spectacle durera longtemps ?

— Jusqu'au printemps, sans doute. Ensuite, la
troupe partira en tournée, m'a dit madame Endicott.

Cecilia rayonnait. C'était comme au bon vieux
temps.

Son valet était aussi heureux qu'elle. Il eut un
sourire ravi quand il la vit manger sa sole jusqu'à la
dernière bouchée, et il lui apporta glorieusement le
pudding qu'elle préférait.

— Vous prendrez le café au salon, comme d'habitude ?

— Oui, oui. Je suis si heureuse de voir que tout est
en ordre ici. Je parlerai à la cuisinière avant de repartir. Avez-vous encore assez d'argent pour la maison ?

— Oui, Madame. Les notes du mois sont payées.

Cecilia se blottit sur le sofa, un châle sur ses épaules et jeta un coup d'œil sur les comptes. Ensuite, elle
bavarda avec la cuisinière. Ici, elle était chez elle,
tranquille. Pourquoi avait-elle abandonné tout cela ?

Elle repartit avec regret aux environs de cinq
heures. Elle espérait avoir manqué le thé dans la
grande maison. Tant pis si Hugo était furieux ! Elle ne
pouvait plus supporter ces interminables réunions où
tous les regards étaient fixés sur elle dans l'attente
malicieuse d'une faute ou d'une simple maladresse. Etre
une femme du monde était quelque chose de bien
lassant...

Il y avait plusieurs attelages devant la demeure.
Elle demanda au groom de la conduire directement aux
écuries. De là, elle grimpa rapidement dans sa chambre.

Elle se sentait coupable mais ravie. Elle était blottie
dans un recoin de la banquette de sa fenêtre quand

Hugo entra. Il venait se changer pour le dîner. Il s'arrêta brusquement et fixa sa femme.

— Où étiez-vous donc, Cecilia ? demanda-t-il, d'un ton menaçant.

— Je suis allée chez moi, un moment, répondit-elle froidement.

— Chez vous ? Vous avez conservé cette maison, alors ?

— Oui, et je pense que j'aimerais la garder, Hugo.

La conversation roula ensuite sur d'autres sujets, au grand étonnement de Cecilia. Mais le visage de son mari était sombre. Le dîner, ce soir-là, fut silencieux. Amanda était dans un jour de dépression et ne descendit pas. Lady Margaret, dont le regard allait de l'un à l'autre, étudiait leur humeur.

Cecilia s'excusa dès le repas terminé et se retira dans sa chambre. Quand elle fut couchée et que sa femme de chambre l'eut quittée, elle resta un long moment dans l'obscurité, les bras croisés derrière la nuque, regardant le mur sans le voir.

Combien de temps cette situation allait-elle durer ? Hugo était devenu un étranger. Elle ne pouvait nier qu'elle n'était pas heureuse. Le merveilleux éclat de leur ancien bonheur avait disparu, s'il avait jamais réellement existé. Il la critiquait à tout propos, permettait à tous de la morigéner, disait qu'elle parlait trop fort, qu'elle attirait trop l'attention sur elle. Parfois, elle se demandait s'il l'avait aimée. Ou seulement désirée, parce qu'elle s'était refusée à lui.

La porte de sa chambre s'ouvrit ; un rai de lumière brilla puis disparut rapidement. Elle vit Hugo s'avancer dans la faible lueur du ciel étoilé.

Cecilia retint sa respiration. Une curieuse appréhension l'envahissait. D'habitude, elle était heureuse de le voir et l'accueillait avec joie. Mais il n'était pas revenu dans sa chambre depuis la querelle avec Nicky.

Il la saisit brutalement entre ses mains crispées.

— Vous... Oh ! Hugo ! Vous me faites mal !

La prise ne se relâcha pas. Dans la pénombre, elle pouvait distinguer les contours de son visage, son expression dure, butée. Il la couvrait de baisers fous.

— Hugo... Oh ! Hugo, s'il vous plaît...

Comme elle était lointaine la lente, la tendre approche de leur lune de miel !

Elle avait détourné la tête. Hugo, sentant sa froideur, s'éloigna. Elle eut un sanglot.

— Vous êtes ma femme !

C'était le premier mot qu'il prononçait. Elle savait qu'il avait trop bu. Qui était à blâmer ? se demandait-elle. Lui ? ou elle ?

Elle passa la main sur son visage, honteuse des larmes qu'elle ne pouvait contenir. Elle aurait eu beaucoup à dire, mais elle n'aurait pu empêcher sa voix de trembler.

Il revint près d'elle et la caressa un peu plus tendrement.

— Cecilia, je n'aime pas vous voir sortir sans avoir été prévenu, dit-il enfin, en essayant de contrôler la violence de sa voix. Je pensais que vous vous étiez débarrassé de cette maison. Entendez-moi bien ! Ou vous la vendez ou je la vends pour vous. Je vous demande d'admettre que vous êtes à moi. Vous m'appartenez.

Un objet qu'il avait acheté : voilà ce qu'elle était ! songeait-elle, amèrement. Qu'était donc devenu son Hugo bien-aimé, celui qui murmurait de si merveilleux mots d'amour ?

Il la quitta brusquement, claquant derrière lui la porte de sa chambre. La pensée qu'elle était malheureuse lui était si douloureuse qu'il agissait en désespéré.

Cette nuit-là, pour la première fois, Cecilia comprit pleinement ce qu'était le mariage. Il signifiait qu'une femme était la propriété d'un homme. Elle n'avait pas à faire état de ses préférences. Quand cet homme la désirait, il pouvait la posséder à son gré. Quand cet homme donnait des ordres, il devait être obéi. Quand il se mettait en colère, il n'y avait pas à lui répondre...

Mieux valait l'incertitude d'une vie de labeur solitaire que la servitude et la domination d'un homme capricieux et jaloux !

Il y avait foule, au parc, cet après-midi-là. Cecilia, le visage impénétrable, montait une jument calme. Son groom suivait, à distance respectueuse. Elle attirait pas mal de regards, mais ne s'arrêtait pour personne. Juste un petit signe de tête. Elle avait à réfléchir.

Hugo était devenu invisible depuis cette terrible nuit. Il travaillait dans son bureau, se rendait au club, ou était en consultation avec son homme de loi. Il parlait rarement à sa femme.

Et, pourtant, seulement deux mois plus tôt, songeait-elle, ils rentraient d'un voyage de noces exceptionnel, et elle respirait la joie de vivre.

On était en avril maintenant, les fleurs s'épanouissaient le long des allées. Qu'importait ! Elle ne savait quelle décision prendre. Elle n'avait aucune expérience de ce genre de problèmes et personne pour la conseiller. Amanda vivait dans un monde de tristesse, et la grand-mère de Hugo avait son cercle d'amis indifférents. Du reste, la vieille dame attendait visiblement que ce mariage aille à la dérive.

Elle devança un attelage qui lui parut familier et fit un signe de la main en reconnaissant Peggy et sa nurse. Elle les avait dépassées depuis quelques instants quand elle réfléchit et tourna bride pour revenir à leur hauteur.

La voiture était arrêtée et la petite fille, déposée sur l'herbe de la pelouse. Sa nurse la suivait, bavardant avec le cocher. Peggy courut au pied d'un arbre où elle venait de voir grimper un écureuil. La tête levée, elle essayait de le découvrir dans les branches. Ravie, elle poussa un cri quand elle réussit à le localiser. Cecilia arrêta sa monture près d'elle.

Comme elle allait l'appeler, un cavalier piqua à toute allure vers l'enfant. Cecilia cria et la nurse accourut à l'instant précis où Peggy, soulevée et déposée sur la selle de l'inconnu, disparaissait, sous les yeux effarés de la nurse et du cocher. Un homme suivait l'inconnu, sur un cheval gris. Cecilia faillit hurler de surprise. Le second cavalier était l'acteur Pierce Mortimer.

Sans plus réfléchir, elle éperonna sa jument et les suivit criant au groom qui s'était porté à sa hauteur :

— Vite ! Allez prévenir mon mari !

Ils quittèrent le parc pour se retrouver, galopant dans les rues pavées, de plus en plus étroites et tortueuses.

La poursuite devenait terriblement difficile. Les gens criaient. A un dernier tournant, Cecilia perdit de vue les ravisseurs de Peggy. Sa jument n'avait jamais été menée à un tel train. Elle semblait aussi épuisée que sa maîtresse. Cecilia, prête à pleurer, lui flatta l'encolure. Cependant l'heure n'était pas au renoncement. Elle regarda autour d'elle, finit par se reconnaître. Elle n'était pas loin du quartier des théâtres. Elle poussa de nouveau sa pauvre bête et se dirigea vers celui où elle jouait avant de quitter la scène.

Une répétition était en cours, et elle hésita dans les coulisses avant de déranger les acteurs. Mais ce qui l'amenait était trop urgent. Tous les regards se portèrent sur elle, surpris par son arrivée. M. Brayton se précipita.

— Vous êtes blême... Qu'est-ce qui ne va pas ?

— La petite Peggy vient d'être enlevée, il y a juste quelques minutes. Et l'un des ravisseurs était Pierce Mortimer.

Il y eut des exclamations de toutes parts. Ils la questionnèrent. Après quelque confusion, M. Brayton prit la situation en main.

— Quelqu'un d'entre vous connaît-il l'adresse actuelle de Mortimer ?

Dominique, un beau garçon qui jouait les jeunes premiers, se déclara volontaire pour aller à sa recherche.

— Je sais qu'il partage un appartement près de la rivière, avec un ami.

Samuel, un autre comédien, dit qu'il l'avait vu dans un pub récemment. Deux amis l'accompagnaient. Il m'a demandé si je ne connaissais pas quelqu'un qui pourrait le faire travailler. Il est sans travail.

Cecilia se mordit les lèvres. Tout cela était sa

faute. Mortimer lui en voulait d'avoir perdu son rôle à cause d'elle. Peut-être cette déception lui avait-elle tourné la tête ? Il n'avait jamais été très équilibré. Mais utiliser un enfant pour se venger !... Sans doute désirait-il demander une rançon en échange de Peggy ? La pauvre chérie devait être morte de peur !

— Nous allons interroger le propriétaire du pub, proposa Samuel.

Il avait toujours bien aimé Cecilia, la protégeant souvent.

— Dans ce cas, je viens avec vous, déclara la jeune femme. Je ne pourrais jamais me pardonner, s'il arrivait malheur à Peggy. C'est à moi que Mortimer en veut !

Elle donna une pièce à un gamin pour qu'il ramène sa jument chez elle, lui confia un message indiquant qu'elle était partie à la recherche de l'enfant, et suivit les quatre hommes.

Ils interrogèrent successivement les tenanciers des pubs proches de celui où l'homme avait été aperçu, pour essayer de le retrouver. En vain.

A la maison, le cocher et la nurse, tous deux en larmes et très inquiets de la réaction du marquis, donnèrent l'alarme.

Le maître de maison était absent pour la journée.

Quand Gilbert Dysart arriva chez les Kinnaird pour le thé, il trouva la maisonnée sens dessus dessous. Un valet le reçut d'un air très embarrassé.

— Je ne crois pas que Madame puisse recevoir. Elle n'est pas bien du tout.

Sans se laisser intimider, Gilbert entra rapidement dans le salon pour y trouver Amanda à demi-évanouie.

Gilbert demanda des sels et, lorsque la pauvre Amanda eut un peu repris conscience, il demanda :

— Mais, enfin ! Que se passe-t-il ici ?

Amanda regarda ce visage familier avec reconnaissance.

— Oh ! Gilbert ! C'est Peggy ! Elle a été enlevée... Je ne puis y croire.

Il s'assit près d'elle, prit ses deux mains dans les siennes et dit calmement :

— Il ne sert à rien de se lamenter. Il faut agir. Calmez-vous et racontez-moi l'histoire.

Elle le fixait de son regard sombre comme si sa seule présence pouvait produire un miracle.

— Dans le parc. Sa nurse l'y avait conduite. Un homme à cheval l'a emportée, ma pauvre chérie...

Elle se mit à sangloter de nouveau. Gilbert regarda la nurse pour confirmation. Elle approuva. Alors, il se leva et demanda :

— Hugo est-il prévenu ?

— On l'a envoyé chercher mais il lui faudra une journée avant d'être de retour.

— Avez-vous alerté la police ?

— Oui, monsieur le marquis.

— Alors, envoyez-moi le cocher.

Amanda consentit à prendre un verre de sherry et s'essuya les yeux.

Le cocher arriva et répéta son histoire. C'était un homme âgé. De toute confiance. Il y ajouta une information.

— Et lady Cecilia est partie à leur poursuite !

Amanda les fixait anxieusement, encore secouée de sanglots.

Il lui semblait qu'elle venait de s'éveiller d'un long rêve, pour trouver le cauchemar réel. L'indifférence l'avait quittée, et la peine était là, comme un poignard planté dans son cœur.

— Ils sont allés vers les théâtres, expliqua la nurse. Ne croyez-vous pas que Milady, si elle a perdu leur trace, aurait pu aller dans cette direction pour chercher de l'aide ?

— C'est fort possible, dit Gilbert. Je vais essayer de la joindre. Voudriez-vous rester auprès de votre maîtresse ? ajouta-t-il d'un ton plus bas. Elle est... après tant de malheurs... je crains...

La femme de chambre approuva d'un signe de tête.

Gilbert posa sa main sur l'épaule d'Amanda qui

en ressentit la chaleur à travers l'épaisseur de sa robe et leva vers lui un regard reconnaissant.

— Ne vous inquiétez pas, Amanda. Nous les retrouverons. Et très vite.

— Gilbert..., demanda Amanda, d'une voix cassée par l'émotion, vous ne pensez pas... Ils ne vont pas la tuer, n'est-ce pas ? Est-ce que tous les gens que j'aime doivent mourir ? ajouta-t-elle, dans un sanglot.

Gilbert serra les dents.

— J'emmène tout le personnel disponible, Amanda. S'il le faut, je lèverai une troupe.

— Je... je voudrais aller avec vous.

Elle se dirigeait déjà vers la porte. Gilbert la retint par le bras.

— Non, ma chère. Vous devez rester ici et attendre. Je sais que c'est dur, très dur. Mais nous les retrouverons toutes les deux : Peggy et Cecilia. Je le sais, j'en suis sûr.

Il lui caressa les cheveux doucement, tandis qu'elle pleurait dans ses bras.

— Pourquoi... pourquoi s'en prendre à ma Peggy ?

— Pour l'argent, sans doute. Beaucoup de mal arrive par l'argent, ma pauvre petite. Sans doute, Hugo aura à payer une très grosse rançon, mais je sais qu'il le fera de grand cœur.

Le visage d'Amanda s'éclaira un peu.

— Vous avez sans doute raison. Si seulement je pouvais faire quelque chose... Sinon, je deviendrai folle !

— Il vous faudrait reprendre un rythme de vie normal. Vous pourriez en effet devenir folle à continuer comme vous le faites à vivre dans le passé. Quand votre fille vous reviendra, il faudra y penser très sérieusement, Amanda.

Elle leva ses grands yeux tristes sur lui.

— Quelque chose, avez-vous dit ? Je dois faire quelque chose ? Mais, quoi ?

— Ne plus vous laisser conduire par les **événements**, ne pas vous retirer dans votre chambre sous le moindre prétexte, ne pas vous retrancher du **monde**.

Vous êtes jeune et belle, vous avez beaucoup à donner à quelqu'un capable de l'apprécier. Quand vous serez plus calme, quand tout cela sera fini, nous en discuterons à loisir. Vous ne pouvez simplement exister. Il faut *vivre*.

Elle aurait dû lui retirer ses mains, pensait-elle, mais il était si réconfortant ! Il la sermonnait de nouveau, mais, désormais, elle ne lui en voulait plus.

Gilbert ne ressemblait pas à James. Son mari était grand et mince, mais compréhensif et doux. Gilbert semblait vouloir transformer les sentiments de la jeune femme, comme s'ils étaient un obstacle sur le bon chemin ; celui qu'il désirait lui voir prendre. Mais il pouvait être son sauveur.

— Merci, Gilbert, dit-elle. C'était bon de votre part de...

Elle s'arrêta, le cœur gonflé comme lorsqu'elle était encore une enfant secouée de sanglots après un gros chagrin. Il lui sourit chaleureusement et lui tapota la joue comme Hugo l'aurait fait.

— A quoi serviraient les amis, sinon à aider quand il en est besoin ?

Quand il la quitta, ses yeux gris étaient étrangement doux pour un garçon aussi rude.

*
* *

Cecilia et son escorte allaient de pub en pub. Dominique avait pris la tête des opérations. C'était un garçon solide et décidé. Sa méthode était la suivante : il entrait brusquement dans le pub et demandait immédiatement :

— Quelqu'un d'entre vous a-t-il vu Mortimer ? Le diable l'emporte ! Il est en retard pour la représentation et le directeur est furieux !

Alors, on lui disait quand on l'avait vu pour la dernière fois, ou bien, ou il pouvait être. Et le groupe repartait. Enfin, ils eurent un peu de chance. A l'un de ces pubs, quelqu'un déclara :

— Je l'ai vu ici même la nuit dernière. Avec la

pauvre Polly. Une malheureuse ! Ils chuchotaient dans
un coin et il lui a même offert un sandwich et un
verre de bière.

— Qui est-ce ? demanda Cecilia à voix basse à
Dominique qui semblait la connaître.

— Une vieille à moitié folle, répondit-il, préoccupé.
Je pense qu'elle doit habiter près d'ici.

Il fit sauter une pièce de monnaie dans sa paume
et la lança à l'homme qui lui avait donné le renseigne-
ment. Comme ils quittaient le triste établissement, un
bruit de galop attira l'attention de Cecilia. C'était Gilbert Dysart et quatre serviteurs de Kinnaird. Le visage
de la jeune femme s'éclaira.

— Oh ! Gilbert ! Vous tombez bien ! Nous avons
une piste. Venez !

Elle le présenta rapidement à Dominique tandis que
les autres acteurs interrogeaient déjà quelques bouti-
quiers au sujet de la vieille femme. L'un d'eux revint,
fort excité.

— Venez ! Elle habite une espèce de masure à deux
rues d'ici.

Ce fut une curieuse procession qui parcourut les
rues étroites de ce quartier populaire. Quatre des
compagnons de Cecilia étaient encore en costume de
scène et maquillés. Gilbert, portait une veste de tweed
et des bottes. Quant à Cecilia, elle avait son amazone
verte et une plume de la même couleur à son chapeau.
Les valets, pour leur part, étaient vêtus de leur tenue
habituelle durant le service : une livrée vert et or, bien
inattendue en ce lieu.

Dominique regroupa tout le monde après un petit
tour de reconnaissance.

— Oui. C'est bien ici, dit-il en désignant une vieille
bicoque croulante. Mais qui y va ? Si elle est un peu
folle...

— Je vais monter, déclara Gilbert.

Samuel le retint vivement d'une poigne de fer.

— Non. Vous risquerez de l'effrayer, et elle pourrait faire du mal à l'enfant, même sans le vouloir.
Laissez-nous faire. Nous sommes comédiens : nous

allons jouer. Cecilia va entrer, avec un ou deux d'entre nous. Moi, si cela doit vous rassurer, monsieur.

Le bras qu'il brandit était gros comme un jambon. Cependant, Gilbert insista pour venir aussi. Les autres furent postés à l'entrée et dans l'impasse qui y menait, de façon que personne ne puisse s'enfuir avec l'enfant.

Dominique précédait Cecilia, Gilbert la suivait dans l'escalier sombre et étroit. Une terrible odeur de soupe aux choux emplissait les étages. Cecilia pensait douloureusement à la pauvre Peggy, dans une telle atmosphère.

Dominique s'arrêta devant une porte sombre et sale et appela aimablement :

— Pierce Mortimer ? Pierce ? C'est Dominique. Où êtes-vous, vieux ? Vous allez être en retard pour le théâtre !

Quelques portes s'entrouvrirent et se refermèrent aussitôt.

Ils continuèrent à monter.

— Je crois qu'elle loge au dernier étage. Une sorte de grenier, m'a-t-on dit. Allons !

Cecilia fit signe qu'elle était d'accord. Au sommet de la masure, derrière une porte légèrement entrebâillée, ils entendirent une voix de femme, grondeuse, et des pleurs d'enfant.

Dominique poussa la porte.

— Polly ? Polly ? Ah ! Vous voilà ! Nous sommes à la recherche de Pierce Mortimer.

Il s'arrêta, dressé sur la pointe des pieds, prêt à agir. La femme tenait un couteau dirigé vers lui. Courbée sur son arme, échevelée, des mèches pendantes cachant à demi son visage, elle promenait ses regards perçants de l'un à l'autre des arrivants, méfiante, mais curieuse.

— Qui êtes-vous ? Que voulez-vous à la pauvre Polly ?

Peggy était assise à même le sol, sa robe rose sale et déchirée. Quand elle les vit, elle courut vers Cecilia et se jeta dans ses bras en pleurant.

— Tante Cecilia, vous êtes venue...

Cecilia la souleva mais la femme fut à sa hauteur avec une incroyable rapidité. La lame s'approcha du petit cou de l'enfant dont la vieille tirait les boucles en arrière.

— Laissez-la ! criait-elle farouche. Elle est à moi ! C'est la petite que j'avais perdue !

Cecilia n'avait pas lâché prise, pas plus qu'elle ne permit à ses nerfs de craquer. Elle joua la scène comme elle la sentait, malgré le couteau toujours levé.

— Ah ! Je vois ! Elle ressemble à votre enfant ? N'est-ce pas qu'elle est jolie ? Votre petite fille avait aussi de belles boucles brunes ?

Gilbert s'était placé derrière Cecilia prêt à attaquer. Elle secoua lentement la tête de droite à gauche pour qu'il n'en fît rien. Cependant elle continuait à soutenir sans défaillance, le regard de Polly.

— C'est... c'est la mienne. Je l'avais perdue, je l'ai retrouvée, marmonnait la vieille dont le couteau était toujours dirigé vers Peggy.

« Elle a beaucoup pleuré en m'appelant, ma pauvre chérie, mais bientôt, elle ne pleurera plus. Plus jamais. Ils me l'ont promis...

— Ils ont bien fait, murmura Cecilia de sa douce voix d'actrice. Ils ont bien fait de vous le promettre.

Plus haut, elle ajouta :

— Mais c'était il y a longtemps, bien longtemps... Maintenant, c'est Peggy qui est là, ma petite Peggy que j'ai retrouvée. Un jour, la vôtre va revenir aussi. Quelle était la couleur de ses cheveux ?

— Blonds, Madame. Aussi blonds et beaux que les vôtres, murmura la vieille femme, comme perdue dans un rêve. Elle était belle. Et, un jour... Un jour, un homme est venu et me l'a prise. Je ne l'ai jamais revue.

— C'était un méchant homme, dit Cecilia d'une voix assurée. Nous allons le chercher, nous vous ramènerons votre petite chérie et il sera puni ! Dominique, partez à sa recherche, s'il vous plaît.

Elle se tourna vers Polly.

— Vous voyez, Dominique est fort et adroit, je peux vous l'assurer.

Elle détournait habilement l'attention de la femme sur Dominique qui se prêtait parfaitement au jeu, montrant son poing fermé. Doucement la tête de Polly s'était détournée vers lui. Son regard jaune l'étudiait.

— Vous verrez comme je saurai m'y prendre. Je vous ramènerai ce mauvais gars et il sera puni.

Gilbert s'était doucement rapproché de la porte. Il la tint ouverte pour Cecilia qui reculait doucement, l'enfant dans ses bras.

— Vous avez expliqué que votre petite fille était blonde ? Décrivez-la moi précisément.

— Oui, blonde aux yeux bleus, répéta la vieille femme.

Puis elle se tourna vivement vers le fourneau d'où une épaisse fumée montait. La soupe qu'elle avait mise à cuire était en train de brûler.

— Voilà que votre repas va être perdu ! Nous vous avons dérangée.

Pour essayer de réparer le désastre, la vieille Polly venait de laisser tomber son couteau. Cecilia fit signe à Dominique qui plaça quelques pièces sur un coin de table.

— Vous achèterez un peu de viande pour remplacer la soupe, dit gentiment Cecilia avant de franchir le seuil.

Ils laissèrent la femme penchée sur ce trésor inespéré.

Gilbert prit Peggy des bras de Cecilia et ils descendirent tous trois l'escalier à toute vitesse. Quand ils eurent atteint la rue, Gilbert essuya d'un revers de main la sueur d'angoisse qui avait mouillé son front. Il vit que Cecilia avait du mal à tenir sur ses jambes. Maintenant que la petite était en sûreté, la réaction se faisait sentir.

Dieu ! que cette femme était donc remarquable ! se dit-il, ému. Courage, astuce, rapidité de réflexion.

Il n'en avait pas fallu moins pour arracher l'enfant à cette pauvre folle sans lui faire courir de risques.

— Merci ! était en train de dire Cecilia à Samuel et Dominique, serrant de bon cœur leurs mains d'honnêtes garçons. Vous avez tous été merveilleux ! Je ne pourrais jamais assez vous dire combien je vous suis reconnaissante ! Transmettez toutes mes excuses à monsieur Brayton pour avoir interrompu la répétition, ajouta-t-elle, en riant.

— Nous allons vous raccompagner. La nuit tombe et vous avez eu assez d'émotions pour aujourd'hui.

La petite procession se mit en route. Gilbert portait dans ses bras Peggy qui avait posé sa tête sur son épaule. Les valets suivaient avec les chevaux. C'était un spectacle assez étonnant.

L'homme qui les avait renseignés était encore devant le pub où ils l'avaient rencontré.

— Avez-vous trouvé votre ami ? demanda-t-il, en suivant le groupe d'un œil curieux.

— Non. Pas encore. Si vous le voyez, dites-lui que monsieur Brayton a besoin de le voir. Il a un rôle à lui proposer.

Quand l'homme eut regagné l'intérieur enfumé du pub, tous poussèrent un soupir de soulagement et Cecilia consentit à remonter à cheval ; Gilbert en fit autant, la petite Peggy toujours dans ses bras. Les acteurs leur souhaitèrent joyeusement un bon retour.

— Ce sont de chics types, déclara Gilbert, qui semblait surpris.

— Certes, répondit-elle vivement. Des garçons de cœur.

Et elle eut envie d'ajouter combien leur joyeuse, chaleureuse compagnie lui avait manqué, et les souvenirs qu'ils avaient partagés.

A la maison, ils furent accueillis par des cris de joie et, des sanglots d'émotion. Cecilia était heureuse de la présence de Gilbert. Son bon sens fit merveille pour ramener un peu de calme.

Quand Amanda s'évanouit avec Peggy dans ses

bras, elle serait tombée s'il n'avait pas été là pour la recevoir et l'installer sur le divan.

Quand Hugo revint, le lendemain soir, il parla de porter plainte contre Mortimer et Polly. Cecilia l'en dissuada.

— Polly est à demi-folle et la prison ne lui ferait aucun bien. Quant à Mortimer il a perdu sa place au théâtre à cause de moi. Il a voulu se venger et c'est ignoble. Mais il est plus déséquilibré que méchant.

— Le théâtre semble décidément mener droit à la folie ! murmura Hugo à un moment où seule, Cecilia pouvait l'entendre.

Puis, il quitta la pièce pour aller consulter son homme de loi. Cecilia soupira et emmea Peggy pour la faire dîner. Amanda pleura encore quand la petite lui fut amenée avant d'aller se coucher.

— Elle a besoin de réconfort, pas de larmes, lui dit doucement Cecilia.

« Comme Hugo déteste le théâtre ! » se dit la jeune femme, une fois seule, repensant à la réflexion qu'il lui avait faite avant de la quitter.

Ou bien la détestait-il simplement parce qu'elle avait été actrice ? Elle se sentait lasse jusqu'au plus profond d'elle-même. Les deux derniers jours avaient été épuisants pour ses nerfs.

CHAPITRE VIII

Ce matin-là, Amanda serrait Peggy dans ses bras, tendrement. Elles étaient toutes deux silencieuses, mais une plus grande intimité s'était établie entre la mère et l'enfant depuis le terrible jour de l'enlèvement. Amanda leva la tête quand le valet entra.

— Monsieur Dysart insiste pour voir Madame.

— Qu'il entre donc ! répondit-elle.

Peggy sauta à terre, effrayée.

— C'est le vilain bonhomme qui m'a enlevée ? dit-elle, au moment où Gilbert entrait dans la nursery.

Le bras contre son visage, elle regardait l'arrivant avec crainte. Mais, quand elle le reconnut, elle fut rassurée. Il vint à elles et baisa la main d'Amanda.

— Bravo, vous avez meilleure mine, ma chère !

Il les regarda gentiment toutes les deux.

— A-t-on arrêté l'homme ?

— Non. Il a disparu, m'a dit Hugo.

L'enfant se serra davantage contre sa mère.

— Ils ne vont pas m'enlever encore, maman ?

— Non, ma chérie. Bien sûr que non.

— Et, quand bien même ? dit gaiement Gilbert. Nous vous rattraperions bien vite. Vous vous souvenez de cette promenade sur mon cheval ? Vous ne voulez pas venir encore sur mes genoux, Peggy, ma chérie ?

Il souleva l'enfant et l'installa contre lui.

— Vous vous souvenez de tout ce qui est arrivé l'autre jour ?

Inquiète, troublée, Amanda voulut protester.

— Non, dit Gilbert. Cela ne sert à rien d'essayer d'oublier. Il faut simplement mettre les choses au point.

Et il rappela à l'enfant l'amusant défilé des amis de Cecilia, leurs costumes curieux, leur façon de rire, et leur retour en cavalcade. Peggy éclata de rire.

— Et voilà comment nous vous avons trouvée. Et nous vous trouverions toujours, sans que vous ayez jamais à vous inquiéter. Et vous savez pourquoi ? Parce que tout le monde vous aime ici.

Elle le regarda un moment, étudia ses gros sourcils, ses yeux gris qui lui souriaient si gentiment et dit gravement :

— Oui. Tout le monde m'aime ici. N'est-ce pas, maman ?

— Bien sûr, ma chérie.

Elle se pencha pour embrasser sa fille. Ce geste l'amena tout contre le visage de Gilbert et elle s'étonna de la douceur de son expression. Elle se releva troublée.

— Et maintenant, nous allons servir à monsieur Dysart, un très bon thé, avec des scones.

Cette enfant, qui mangeait si peu depuis quelques jours, montrait un visage radieux et se précipita sur la sonnette, pour appeler elle-même.

— Nous voulons du thé, dit-elle sérieusement au valet.

Et le digne serviteur ne put s'empêcher de sourire.

— Oui, mademoiselle. Et peut-être un peu de confiture de framboise aussi et de la crème ?

Il y avait longtemps que l'enfant n'avait mangé

avec autant de joie et d'appétit. Gilbert faisait honneur aux gâteaux. Amanda se sentait en paix.

Quand la nurse vint chercher Peggy, l'enfant
embrassa sa mère et alla ensuite timidement vers
Gilbert.

Celui-ci prit sa petite main dans la sienne et tendit sa joue aux lèvres douces de l'enfant. Peggy
l'embrassa en murmurant : « Vous êtes très gentil. »
Puis, elle se laissa emmener, se tournant une dernière fois pour faire un signe timide de la main.

Gilbert resta un moment silencieux, tandis qu'il
terminait sa tasse de thé.

— Comprenez-vous, Amanda, combien votre
humeur influence cette enfant ? Depuis la mort de
James, cette petite a mené une existence beaucoup
trop calme.

— J'aimerais que nous ne parlions pas de ça,
Gilbert...

— Il faut en parler. Je ne désire pas vous faire
mal, Amanda. Vous m'êtes chère et Hugo est comme
un frère pour moi. J'aimerais vous retrouver comme
autrefois... Drôle, gaie, vivante.

Il avait rougi.

— Je dois vous paraître un peu nostalgique,
n'est-ce pas ? Mais je crois que pour le bien de Peggy...

— Vous allez encore me parler de mes robes
noires..., dit-elle, mécontente.

Elle n'osait pas lui dire qu'elle avait plus d'une
fois ces derniers jours, regardé, caressé son ancienne
garde-robe.

— Les couleurs ont une influence sur l'esprit,
continua-t-il doucement. Je remarque que je suis plus
gai quand le soleil brille et que les fleurs emplissent
mes parterres... Peut-être ne vous souvenez-vous pas
de ma maison... Vous n'y êtes venue qu'une ou deux
fois, mais j'ai énormément de fleurs.

Amanda le regardait pensivement. Elle n'aurait
jamais imaginé qu'il était sensible à la nature.

— Je me souviens très bien des parterres de Cleveland, dit-elle gentiment... Je suis heureuse que vous les ayez conservés. J'adorais en ce temps-là courir dans les allées et jusqu'au pavillon d'été.

— Vous aviez l'air d'un oiseau de paradis dans vos robes de toutes les couleurs, dit-il en lui lançant un regard vif. Merci de vous en être souvenue.

Quand Gilbert l'eut quittée, elle resta un long moment dans son fauteuil, à penser à cette intéressante conversation et au plaisir qu'elle en avait éprouvé.

Elle nota qu'il n'avait pas parlé de sa femme. Cela faisait-il partie du temps mélancolique ? Gilbert avait connu aussi sa part de chagrins...

Brusquement elle se redressa et quitta la pièce. Elle avait à faire dans la maison.

Plus tard dans la journée, elle eut envie de parler. avec Cecilia. Elle la trouva dans une des pièces du second étage, assise, un livre sur ses genoux, fixant pensivement le feu. Comme sa belle-sœur était devenue calme et réservée, elle qui était si gaie à son arrivée, si vivante, si pleine d'esprit ! Sa nouvelle vie semblait l'avoir déprimée. Elle s'assit près d'elle.

— Cecilia... Vous... vous n'êtes pas heureuse ici, n'est-ce pas ?

— Oh ! C'est une maison très agréable. Et tout le monde est charmant avec moi...

Cecilia souriait, mais ce n'était plus ce sourire jeune, malicieux, épanoui, qu'elle avait l'habitude de lui réserver.

Non ! Pas tout le monde, songeait Amanda. Sa grand-mère était très froide, très peu amicale avec elle, attendant visiblement que ce mariage se brise. Laurence et Nicky se demandaient pourquoi Hugo semblait déjà fatigué de ce charmant papillon qu'il avait découvert. Amanda avait été la seule à l'avoir accueillie à bras ouverts.

— Je vous suis reconnaissante, Cecilia, d'avoir ramené Peggy. J'admire le courage que vous avez eu : vous lancer toute seule à sa recherche. Je sais bien qu'à votre place, je me serais contentée de pleurer...

Le sourire de Cecilia retrouva un peu de sa chaleur, ses yeux verts brillèrent... Impulsivement, elle saisit la main d'Amanda dans les siennes qui étaient glacées.

— Je ne pense pas du tout que vous auriez agi ainsi. Vous aimez Peggy et vous vous seriez battue comme une tigresse si vous aviez été présente.

Amanda sourit tristement.

— Je tiens beaucoup plus du chat que du tigre !... Mais, vous, vous avez eu un tel courage ! Les épreuves de votre jeunesse vous l'ont-elles donné ? Je veux dire... Vous avez eu à lutter pour vous faire une place au soleil ?...

Le regard de Cecilia revint vers le feu. Les flammes dansaient, éclairant son visage mobile, jetant des lueurs d'or sur les boucles blondes. Amanda contemplait cette beauté nuancée d'une gravité nouvelle et peut-être, d'une peine secrète...

Après un instant de silence, Cecilia dit doucement :

— J'aime Peggy comme mon enfant. J'ai fait ce que je devais faire. Mais, en réponse à votre autre question, je n'ai pas peur d'agir, de me battre, d'avoir faim ou de dormir dans un champ. Mais je crains davantage certaines choses inconnues, que je n'ai pas encore rencontrées...

Elles restèrent un long moment silencieuses. Amanda réfléchissait. Ces choses inconnues, dont elle avait peur, avaient-elles un rapport avec Hugo, avec leur mariage ?

Quelque jours plus tard, la famille donnait un dîner et une soirée en l'honneur d'un vieil ami qui célébrait son trente-cinquième anniversaire de mariage. Amanda se trouva placée près de Gilbert au dîner. Elle fut heureuse de se montrer dans une robe lilas qui lui allait fort bien. Il lui sourit.

— Comme je suis heureux de vous voir enfin ainsi, dit-il en touchant délicatement le tissu soyeux de la manche.

Il demanda des nouvelles de Peggy et elle fut heureuse de lui annoncer que les cauchemars de la petite avaient cessé.

— Je continue à lui dire que tout le monde l'aime, ajouta-t-elle en souriant. Et je l'ai entendue le répéter d'un air ravi à sa poupée préférée... Vous semblez songeur, Gilbert ?

Il parut heureux de la voir s'intéresser à lui. Puis elle regarda Cecilia à travers la table. Elle était d'une beauté radieuse dans une robe vert émeraude, et riait à une réflexion de son voisin. Un peu plus loin, Hugo ne la quittait pas des yeux. Gilbert avait suivi son regard.

— Ont-ils des ennuis tous les deux ? demanda-t-il à mi-voix.

— Je ne sais pas. Réellement, Gilbert, je ne sais pas.

Elle eut une soudaine envie de se confier à lui, et dit :

— Je pense... je pense que Hugo est cruel avec elle.

— Elle est tellement silencieuse. Et, lui, si sévère, si dur... Exactement comme il était après la mort de Diana ? Que leur est-il arrivé ?

— Je me le demande. Elle est si belle et tellement amoureuse de lui. Quant à Hugo, il paraissait si épris, quand ils sont revenus d'Italie.

— Ne croyez-vous pas... ?

Elle rougit et se tut. On ne pouvait parler de ces choses en public, ni même en particulier avec un homme...

— Pensez-vous que Hugo puisse être amoureux d'une autre femme ? demanda Gilbert. Je ne le crois pas, pour ma part. Il adore Cecilia. C'est inscrit sur son visage, mais quelque chose les trouble tous les deux. Peut-être le théâtre ? A-t-elle exprimé le désir de jouer de nouveau ?

— Elle ne m'en a jamais parlé. Bien sûr, elle va de temps à autre rendre visite à son père. Je suppose que le théâtre doit lui manquer un peu.

*
**

Quelques jours plus tard, Laurence et Nicky revinrent de la campagne. Des amis leur avaient raconté l'aventure de Peggy.

— Décidément, nous manquons tous les événements passionnants ! se lamenta Nicky. Nous aurions volé à son secours !

Amanda fut choquée de la façon légère dont il parlait de ce drame. Elle coupa court aux réflexions du garçon avec une inhabituelle détermination.

— Ce n'était pas un jeu ! Parlez comme un adulte, enfin, ou ne parlez pas du tout !

— Bravo, Amanda ! s'exclama Laurence. Et je remarque que vous avez remis vos robes claires... Quelque chose est arrivé ? Vous ne me direz pas ce que c'est ?

La jeune femme pencha la tête sur sa robe lavande avec un peu de gêne.

— J'ai porté le deuil pendant plus d'un an, dit-elle enfin avec assurance. Cela ne pouvait continuer toujours. Surtout pour Peggy.

— Et bien, tout cela est pour le mieux, dit Laurence une curieuse expression sur le visage. D'ailleurs vous êtes ravissante ainsi, J'avais oublié à quel point vous étiez jolie...

— Laurence ! Vous vous moquez encore de moi ! dit-elle avec un sourire, heureuse que la conversation ait dévié.

— Pas du tout ! Vous êtes ravissante, avec vos joues plus roses et vos yeux plus brillants.

Il continua à la taquiner jusqu'à ce que Hugo et Amanda viennent les rejoindre.

*
**

Hugo se pencha en arrière sur sa chaise et, sa tasse de thé à la main, regarda distraitement les invitées. Toutes bavardaient sur tous les sujets. Il s'en amusait quelquefois et s'en irritait plus souvent. Il capta le regard complice de Gilbert.

Puis ses yeux s'attardèrent sur sa femme. Cecilia était debout près du plateau de thé derrière lequel Amanda officiait. Les deux femmes offraient un piquant contraste. Cecilia, si blonde dans sa robe bleue, Amanda, si brune dans sa robe lilas.

Toutes les deux ravissantes, pensait-il. Et délicieuses, chacune dans son genre.

Pourquoi était-il si odieux avec sa femme, depuis quelque temps ? Il ne pouvait se l'expliquer. Souvent une vague d'humeur dépressive le submergeait. Alors, il la guettait quand elle était en conversation avec un autre homme, jaloux de chaque sourire. Ensuite, il lui reprochait son attitude. Il savait le mal, la peine qu'il lui faisait et s'en désolait. Il avait envie de s'excuser et ne le pouvait pas. L'orgueil est un maître cruel !

Sombres Kinhaird ! Diana les avait une fois appelés ainsi, avec colère. Elle avait ajouté qu'ils étaient invivables ! Ils s'étaient combattus ainsi, longtemps. jusqu'à ce qu'il n'éprouve plus qu'une totale indifférence.

Les invités s'en allaient maintenant. Le crépuscule était tombé. Le salon abondamment fleuri offrait un aspect très accueillant. Cecilia était très douée dans l'art floral.

Hugo accompagna plusieurs personnes jusqu'à la porte, qui se referma sur les derniers invités. Finalement, il ne resta que Cecilia et Amanda avec lui dans la pièce.

Sa sœur s'étira comme un chaton et bâilla.

— Oh ! Je pensais qu'ils ne se décideraient jamais à partir ! Je monte chez Peggy. J'ai promis de partager son dîner.

Discrètement, Amanda quitta la pièce.

Cecilia hésitait à engager la conversation. Ils se parlaient si rarement maintenant. Elle lui demanda enfin l'autorisation de changer un peu la décoration de ce salon.

— Un peu de changement ici ne serait pas mauvais en effet, lui répondit-il. Ces horribles choses sur la cheminée et les vases près de la porte... Nous avons beaucoup mieux dans le grenier.

— Oh ! Oui ! Mais je comprends parfaitement pourquoi les jades ont été enlevés et...

Elle avait parlé bas et brusquement s'interrompit.

— Vous parliez des jades ? dit-il d'un ton qu'il s'efforçait de rendre naturel.

Il avait devant les yeux comme si elle datait d'hier la scène affreuse. Diana couverte de sang, la gorge bleue de traces de doigts...

— Voudriez-vous qu'on les remette à leurs places ? demanda Cecilia d'une voix lente et basse.

Il ne répondit pas, semblant penser à autre chose. Une bûche tomba. Le feu cracha des étincelles.

— Faites comme bon vous semble, dit-il vivement. Pourquoi ne demanderiez-vous pas à deux valets de vous descendre les objets que vous aurez choisis ? Les greniers abondent en belles choses. En outre, cette maison est la vôtre, souligna-t-il. Amanda et Peggy avaient leur propre demeure quand James vivait. Et grand-mère habite ici parce qu'elle s'y plaît davantage que dans son propre appartement. Vous êtes donc la maîtresse ici.

A la suite de cette conversation, Cecilia commença très rapidement les transformations. Elle fit descendre quelques-unes des très belles pièces de jade, quelques meubles légers, y compris le ravissant sofa bleu et or qu'elle avait admiré avec Peggy, et fit remonter les horreurs au grenier. Elle y ajouta une charmante vitrine du XVIIIe siècle dans laquelle elle plaça quelques bibelots de jade ou d'ivoire qu'elle aimait.

Amanda s'assit devant le feu, les pieds joints, le dos bien droit. Mais ses yeux brillaient d'un étonnement secret, et ses doigts caressaient l'écharpe de soie bleu pâle qui complétait sa robe.

Les invités allaient arriver et Gilbert serait parmi eux. Autant il avait détesté jadis ces sortes de réunions, autant il semblait les apprécier maintenant. Il s'asseyait patiemment, une tasse de thé à la main, et lui souriait de temps à autre. Cet homme solide, à l'aise dans ses costumes de tweed, ou étrangement élégant dans ses tenues de soie grises ou brunes semblait toujours un peu déplacé dans un salon féminin. Et Amanda se demandait de plus en plus souvent pourquoi il prolongeait tellement son séjour à Londres, lui qui aimait tant ses fleurs et ses arbres...

On arrivait au mois de mai. Le regard d'Amanda errait de la table à liqueurs sur laquelle était posé un bouquet de fleurs, aux jades délicats qui ornaient la pièce. Quels changements ! Et comme ils réflétaient bien le charme de Cecilia !

Peut-être la longue nuit des Kinnaird allait-elle enfin se terminer ? Elle-même avait cessé de pleurer, le souvenir de sa peine s'adoucissait. Peggy jouait et riait comme tous les enfants. Même la grand-mère semblait moins sombre et invitait plus souvent ses amies à venir faire une partie de whist.

Mais sa pensée retournait toujours vers Gilbert. Il avait quinze ans de plus qu'elle, mais lui aussi avait connu la solitude et le chagrin. et il la comprenait. Et Peggy l'adorait.

Amanda n'avait jamais pensé qu'elle pourrait aimer de nouveau. Maintenant, elle rêvait de s'éveiller sous les caresses d'une main sur sa joue. Elle souriait au souvenir de Gilbert avec Peggy dans les bras, insensible au grattement du tweed et à l'odeur du tabac...

Mais c'était elle au même moment qu'il avait fixée, d'un regard qui la troublait. Etait-il amoureux d'elle ou, simplement, la plaignait-il ?

Elle soupira. Tout ce dont elle était sûre, pour le moment, c'est qu'elle avait de nouveau envie de danser et de rire. James n'aurait certainement pas désiré qu'elle le pleurât toute sa vie. Elle entendit des voix dans le vestibule et se leva vivement.

La porte s'ouvrit. Mais ce ce n'était pas Gilbert. Laurence et Nicky entraient en plaisantant, apportant avec eux une odeur de tabac et d'alcool.

— Qu'est-ce qui se passe ici aujourd'hui ? demanda Laurence. C'est la fête ? Une robe neuve, des fleurs partout...

Il souriait mais elle aurait juré qu'il avait pâli sous le hâle de son récent séjour à la campagne. Ses yeux erraient des jades au sofa bleu et or.

Qui a descendu tout ça ? demanda-t-il enfin.

« C'est... c'est comme avant... », murmura Nicky, suffoqué.

— Comme du temps de Diana, compléta Laurence d'une voix sourde.

Brusquement, il alla vers la fenêtre et, comme s'il étouffait, l'ouvrit en grand.

— Qui a osé faire çà ? dit Nicky, rageusement. Cette actrice ? N'avait-elle donc aucune idée de ce qui s'est passé dans cette pièce.

Amanda se raidit.

— Si, elle le savait. Et elle a fait ces changements avec la permission de Hugo. Les tristes souvenirs et la laideur n'ont jamais aidé à oublier. Elle a eu raison et Hugo est satisfait.

— Ça ne durera pas longtemps, croyez-moi ! riposta Nicky furieux. Bientôt, il découvrira ce qu'elle est ! Quand elle reviendra à la scène et à tous les hommes qui l'ont courtisée ! Hugo a fait une énorme bêtise et...

— Nicky, je vous interdis de parler ainsi Cecilia est une charmante et honnête femme. Je l'apprécie beaucoup. Vous feriez bien de garder vos opinions pour vous ! Si Hugo vous entendait, il vous mettrait à la porte. Et je l'approuverais.

— Je ne le crains pas ! grogna Nicky avec colère.

Il posa son verre et fit quelques pas mal assurés dans la pièce. Il y eut un long silence. Laurence alla s'asseoir près d'Amanda. Il était encore pâle et triste.

— Hugo a-t-il oublié si vite Diana ? demanda-t-il à voix basse. Comment peut-il effacer le souvenir de ce drame ? Il y a moins de trois ans... Tout ce sang...

— On ne peut pas porter éternellement le deuil, Laurence, dit-elle gentiment. Les morts ne le désirent pas, j'en suis sûre. Et Hugo tient à avoir des enfants. Un fils, surtout. Vous savez bien qu'il est le dernier de la ligne directe.

Laurence haussa les épaules et se força à sourire.

— Oh ! Il avait tout le temps de se marier et d'avoir un héritier. Moi-même, je le pourrais. Et ne parlons pas de Nicky.

— Il faudrait un décret royal pour vous donner le titre qui, de toute façon, appartient à Hugo. Et il désire le transmettre directement. C'est fort naturel, il me semble ! Cecilia sera une mère parfaite. Elle adore Peggy. Gilbert disait justement l'autre jour qu'elle devrait avoir un enfant, à elle.

— Gilbert ? Vous voulez dire Gilbert Dysart ? Il est donc encore ici ? Je le croyais depuis longtemps rentré dans ses terres !

Amanda se sentit rougir et essaya de prendre un air indifférent. Mais son cœur battait à tout rompre.

— Oh ! Il reste encore un peu.

— Et pour quelle raison ? A cause de vous, peut-être, Amanda ? insinua Laurence.

— Eh bien, pourquoi pas ? répliqua-t-elle du tac au tac.

— Oh ! Pauvre innocente ! Gilbert n'est pas du tout le genre d'homme qu'il vous faut ! Je sais qu'il est un grand ami de Hugo, mais il a bien changé depuis le temps de leur enfance... Il est devenu... Oh ! Bref ! C'est un chasseur si vous me comprenez à mi-mot...

Amanda crut qu'elle allait s'évanouir.

— Que voulez-vous dire ? Je déteste les insinuations.

— Eh bien, puisque vous le voulez... C'était un

homme très bien quand il s'est marié. Mais sa femme...
Tout le monde savait qu'elle était infidèle et avec
n'importe qui... Alors... Vous serez raisonnable, n'est-
ce pas ?

— Oui, promis. Mais dites-moi...

— Eh bien, quand il a vu cela... il s'est mis à
en faire autant et même pire !

Maintenant, Amanda se sentait réellement malade.
Elle inclina la tête en arrière sur les coussins du sofa.

— Non... C'est impossible... Cela ne lui ressemble
pas...

A ce moment, le valet annonça la première des
invitées attendues et Amanda comprit qu'elle devait
se reprendre immédiatement pour l'accueillir. D'autres suivirent. Heureusement, Cecilia vint très vite la
seconder ; Gilbert arriva tard et Amanda veilla à se
trouver toujours à bonne distance de lui. Il réussit
néanmoins à s'approcher d'elle au moment où les
visiteurs commençaient à s'en aller. Elle lui adressa
un sourire mondain, indifférent.

Il lui demanda s'il lui avait déplu. Et comment ?

— Mais, pas du tout, répondit-elle.

Elle ne pouvait croire ce que lui avait confié Laurence. Gilbert ne pouvait être un homme dépravé.
Elle souffrait abominablement.

— Partirez-vous bientôt pour Cleveland ? demanda-
t-elle, sur le seuil du salon.

Il parut malheureux et triste. Son regard était
éloquent.

— Non. Je pensais demeurer encore à Londres
quelques semaines. Vous-même, vous rendrez-vous
bientôt à Barrington Court ?

— Peut-être d'ici un mois. Hugo n'a encore rien
décidé.

Elle dut le quitter pour saluer d'autres invités.
Quand elle eut la liberté de revenir vers lui, il baisait
la main de Cecilia pour lui faire ses adieux.

Le lendemain, elle se retira dans sa chambre tout
l'après-midi. Quand sa femme de chambre vint l'aver-

tir que Gilbert désirait lui parler, elle fit répondre qu'elle ne pouvait le recevoir. Il revint les jours suivants mais avec le même résultat. Amanda s'était découvert des migraines tenaces, et restait allongée dans l'obscurité.

Elle se décida enfin à descendre pour le dîner. Hugo la regarda curieusement et Cecilia l'embrassa.

— Etes-vous de nouveau bien ? demanda son frère gentiment.

Amanda ne répondit que par un léger signe de tête. Elle craignait de fondre en larmes, comme Peggy.

Laurence la prit à part à la fin du repas et lui demanda si elle ne voulait pas faire un petit tour avec lui dans les jardins.

— Cela vous fera du bien, dit-il affectueusement.

L'odeur des lilas était entêtante, mais douce. Ils parlèrent un instant de choses et autres, puis Amanda trouva le courage de demander :

— Laurence, vous êtes sûr de ce que vous m'avez raconté au sujet de Gilbert ? Ce ne sont pas de simples racontars ?

— Tout à fait sûr, hélas ! Je suis désolé de vous avoir fait de la peine mais il fallait que vous soyez avertie. Hugo devrait veiller davantage sur vous. Maintenant que vous avez quitté le deuil, vous ne manquerez pas de coureurs de dot autour de vous...

— Mais... Gilbert a une très belle fortune !

— Il avait. Je sais qu'il a beaucoup perdu aux courses, ces derniers temps. Et, bien sûr, il a hypothéqué une bonne partie de ses biens. En se mariant, il en finirait avec ses créanciers.

Amanda soupira.

— Ma pauvre Amanda, vous avez été bien maltraitée par la vie.

Ils s'étaient arrêtés sous les arbres aux jeunes pousses d'un vert tendre. Il l'attira légèrement et embrassa sa joue fiévreuse.

— Chérie, voulez-vous que nous bavardions encore un moment ?

— Non. J'ai envie d'oublier. De tout oublier.

Laurence l'avait prise par la taille et la serrait tendrement contre lui. Comme il était bon de se sentir protégée ! Peut-être était-ce pour cette simple raison qu'elle avait été attirée par la force de Gilbert ?

— Vous savez, Amanda, continua Laurence d'une voix rêveuse, je n'ai jamais désiré me marier, et j'ai mené jusqu'à présent une vie assez peu exemplaire. Mais, secrètement, j'ai toujours rêvé de trouver un jour la femme qui me conviendrait. Et qui voudrait de moi. N'est-ce pas risible dans ma position ?

— Pas du tout, Laurence. C'est très naturel.

— Je ne voudrais pas vous choquer, Amanda, mais, lorsque vous avez épousé James, j'ai été jaloux de lui. J'ai commencé à comprendre à côté de quel bonheur j'étais passé. Nous ne sommes que de très lointains cousins, vous savez !

— Mais... Jamais... Vous flirtiez gentiment avec moi, mais...

Elle essaya de rire et s'écarta de lui. Il la laissa s'éloigner un peu mais garda sa main.

— Non. Ecoutez-moi, Amanda. Maintenant que vous êtes sortie de votre deuil, je peux parler. J'ai attendu très longtemps. Je vous aime. Je vous ai toujours aimée. Comme j'ai été jaloux de James ! Amanda, pourriez-vous penser à moi comme à un amoureux ?

La jeune femme était dans une sorte de brouillard. Elle était flattée qu'un tel homme l'ait remarquée, mais peu à l'aise... Elle se dirigea vers la large fenêtre éclairée.

— Tout cela est si étrange, si inattendu... J'ai toujours eu de l'affection pour vous, mais je n'avais jamais pensé que vous... m'aviez remarquée...

— Je ne désirais pas vous embrasser, Amanda. Vous avez confiance en moi, n'est-ce pas ? dit-il en écartant une boucle brune sur son front.

— Oui, Laurence. J'ai toujours eu confiance en vous.

— Bon ! C'est suffisant pour commencer, dit-il, souriant.

Et avant qu'elle eût compris son mouvement, il baisa ses lèvres. L'odeur du tabac la surprit, ainsi que la pression de ses lèvres. Il sourit de son étonnement.

Quand ils regagnèrent le salon, Hugo leva les yeux de son livre pour se replonger aussitôt dans sa lecture. Mais le regard aigu de Cecilia allait de l'un à l'autre, scrutant les yeux grands ouverts d'Amanda, remarquant ses joues enfiévrées et l'expression satisfaite de Laurence. Elle se demandait... Mais tout cela ne lui plaisait pas.

CHAPITRE IX

Quelques jours plus tard, Amanda eut envie de faire des courses. Après le déjeuner, elle entraîna Cecilia et une femme de chambre. Elles descendirent de voiture devant les magasins qui les intéressaient et s'amusèrent à discuter. Amanda désirait refaire entièrement la décoration de sa chambre et elles entrèrent dans la meilleure boutique de tissus d'ameublement. Amanda eut le coup de foudre pour un damas d'un bleu ravissant et se décida très vite.

Cecilia était ravie de voir Amanda de si bonne humeur, mais surprise également. Pendant plusieurs mois, elle avait eu l'impression que sa belle-sœur s'intéressait à Gilbert Dysart. Puis, brusquement, elle avait fait preuve de beaucoup de froideur vis-à-vis de lui, et semblait désormais encourager Laurence à lui faire la cour. Or, Cecilia ne savait que penser au sujet de ce dernier. Bien qu'il fût toujours très courtois avec elle, elle était certaine qu'il avait désapprouvé son mariage avec Hugo.

Elle revint à la réalité sur une question d'Amanda.

— Mais, oui, bien sûr répondit-elle. Il vous faut des voilages blancs, très légers derrière les rideaux de damas. Ce sera ravissant, et très féminin. Vous aviez parlé aussi d'une lampe rose, il me semble ?

Amanda se mit à rire.

— Bien sûr ! j'allais l'oublier. Il faudrait voir si...

Une petite vendeuse fut envoyée au magasin voisin et revint très vite avec six lampes à choisir. Les deux femmes discutèrent un moment. Un charmant luminaire en forme de fleur fut finalement adopté.

Amanda avait terminé ses achats. Elles se levèrent toutes les deux. Cecilia glissa un billet dans la main de la fillette rougissante qui avait aidé à porter les lampes.

— Pour votre thé de ce soir, mon petit, murmura-t-elle.

Le coup d'œil de la vendeuse la plus âgée était approbateur. Son visage s'était adouci.

— Vous êtes... Vous êtes bien mademoiselle Trent ? demanda-t-elle timidement.

Cecilia fit un signe affirmatif en souriant.

— C'est gentil à vous de vous en souvenir.

— Oh ! Je vous ai vue dans Rosalind. Et je ne l'oubliera jamais ! dit la femme d'une voix passionnée.

— Est-ce que cette enfant coud bien ? demanda Cecilia, impulsivement.

Sur une réponse affirmative, elle demanda :

— J'aimerais que vous lui confiiez cette commande. Voulez-vous ?

— Certainement.

— Nous pourrions avoir d'autre travail à vous donner, dit Cecilia en souriant avant de quitter le magasin. Mon mari désire transformer un peu la maison. Il y aura certainement pas mal de tentures et de rideaux à changer.

Quand elles furent remontées en voiture, Cecilia regarda Amanda d'un air un peu coupable.

— Cette petite n'est certainement pas la plus expérimentée des ouvrières de la maison, mais je n'ai pu résister. Elle ne doit pas manger à sa faim. Et on les paie aux pièces, je crois savoir.

Le regard d'Amanda était pensif.

— Oh ! Je l'ignorais.

— Beaucoup d'enfants ne vivent pas très vieux, à Londres, soupira Cecilia.

A ce moment, elles passaient devant une voiture des quatre saisons, qui présentait d'appétissants paniers de framboises.

Cecilia se pencha, très animée.

— Oh ! Des framboises ! Rapportons-en pour le dessert !

Elle eut du mal à se retenir de sauter à terre quand Amanda donna l'ordre au cocher d'en acheter quelques paniers.

Que de fois, à pied, avec May ou son valet, ou même seule n'avait-elle pas arpenté ainsi les rues pour acheter quelques fruits pour le repas du soir ! Ces promenades à travers les rues assombries par le crépuscule, lui manquaient comme toute sa vie passée.

Cecilia avait eu l'intention, dès leur retour, de monter un bon moment dans sa chambre, mais Amanda, pleine de ses projets de décoration, avait envie de parler. Elle resta donc avec elle au salon. Et cela d'autant plus volontiers que les hommes s'étaient retirés dans le bureau de Hugo.

Lady Margaret leur accorda sa présence plus longtemps que d'habitude, écoutant avec surprise sa petite-fille discuter avec animation de rideaux, de lampes, de tissus lavables, etc.

— Ma chère enfant, vous êtes en train de changer et cela me fait plaisir. Il y a quelques semaines, vous ne sortiez pas de vos maux de tête, et je trouvais que vous ne montriez pas beaucoup de courage pour une Kinnaird...

Amanda rougit.

— Grand-mère, j'étais profondément malheureuse, mais j'ai réfléchi : ce n'était pas juste vis-à-vis de Peggy. Je dois montrer plus de... courage, comme vous venez de le dire.

— Oui, cela a été dur pour vous, ma chérie, mais

le pire est passé. Maintenant que Cecilia est avec nous,
vous êtes plus gaie. Nous devons la remercier pour
cela.

Cecilia fut stupéfaite en entendant ce compliment
inattendu. Amanda sourit à sa grand-mère. Celle-ci
eut une petite toux embarrassée, et déclara qu'il était
grand temps pour elle de se retirer. Amanda se leva
pour l'aider à quitter son fauteuil.

— Elle s'adoucit un peu, déclara-t-elle d'un air
ravi quand la porte se fut refermée. Cela me fait
bien plaisir.

Cecilia attendit un moment dans l'espoir que Hugo
allait venir les rejoindre. Quand elle y eut renoncé, elle
accompagna Amanda jusqu'à sa chambre et elles se
séparèrent en s'embrassant affectueusement.

Cecilia regagna sa chambre un peu réconfortée.
C'était une longue quête, cette recherche des Kinnaird, à travers leurs humeurs noires et changeantes.
Y parviendrait-elle ? Hugo buvait beaucoup maintenant. Quel désarroi cela cachait-il ? Le comprendrait-
elle jamais ?

Lorsque sa femme de chambre la quitta, elle resta
longtemps éveillée dans la chambre obscure, malgré
la fatigue de son après-midi. Elle espérait qu'Hugo
donnerait bientôt le signal du départ pour Barrington
Court. Elle avait envie d'air pur et d'espace. De liberté.

Quand elle s'éveilla, en proie à un pénible cauchemar, elle eut l'impression qu'elle avait à peine
dormi. Elle venait de revivre en rêve cette soirée où le
théâtre avait pris feu. Le cœur battant, elle repoussa
ses draps et poussa un cri. Sa chambre était pleine de
fumée, elle pouvait à peine respirer. Elle sauta du lit,
mais n'osa s'avancer vers la porte. Près d'elle, le tapis
commençait à brûler.

Son cri avait été entendu. Hugo accourut, et, comme
elle, se mit à tousser et appela :

— Cecilia, Cecilia ! Où êtes-vous ?

A la lueur des rideaux du lit qui commençaient à
s'enflammer, il l'aperçut, la souleva, l'emporta à tra-

vers les flammes et la descendit dans ses bras jusqu'au hall. L'alerte avait été donnée. De toutes les
chambres, des silhouettes surgissaient.

— Au feu ! Au feu ! cria quelqu'un.

C'est Laurence qui arriva le premier avec un
seau d'eau. D'autres suivirent. La chambre entière de
Cecilia était en flammes. Mais tous les hommes de la
maison réussirent à circonscrire le feu à cette seule
pièce. Une heure plus tard, tout danger était écarté.

— Cecilia, vous ne vous êtes pas endormie avec
votre lumière ? demanda Hugo qui avait emmené sa
femme dans sa propre chambre.

Installée dans le lit de Hugo, elle pleurait, la tête
dans l'oreiller. Hugo essayait de la calmer avec des
mots apaisants, mais sans la toucher.

— Oh ! Hugo ! Les portraits de ma chambre !
Celui de ma mère, le vôtre.

Il retourna les chercher et les lui apporta, intacts.

— Oh ! Merci, Hugo !

— Maintenant, laissez-moi voir si vous-même
n'avez rien de sérieux.

Il approcha une lampe et c'est Cecilia qui poussa
un cri. Les beaux cheveux bouclés de son mari étaient
en partie brûlés et une grande balafre traversait sa
joue. Ses mains étaient noires de fumée, brûlées par
endroits et sa robe de chambre en lambeaux.

— Hugo ! Vous êtes blessé ! s'écria Cecilia, pleine
de remords. Et c'est ma faute

— Aviez-vous laissé une lampe allumée ? Ou une
chandelle ?

Elle réfléchit et secoua la tête. Non. Elle était sûre
que Hetty l'avait laissée dans l'obscurité, comme elle
le lui avait demandé parce qu'elle était fatiguée.

— Eh bien, nous essaierons d'éclaircir ce mystère
demain. Reposez-vous. Il est plus de quatre heures.

D'une démarche lasse, il se rendit dans son cabinet
de toilette pour se laver et changer de vêtement. Il ne
revint pas auprès d'elle, la prendre dans ses bras comme

elle le désirait de tout son cœur, mais dit simplement :

— Vous êtes sauve, c'est ce qui importe. Quand je vous ai entendue crier, j'ai cru... j'ai cru que je vous avais perdue... aussi.

Il s'arrêta brusquement puis ajouta :

— Je serai dans le hall si vous avez besoin de moi.

De nouveau, l'envie la prit prit d'être à l'abri de ses bras.

— Je vous aime, dit-elle simplement.

Après trop de mois de silence, Hugo n'osa murmurer une réponse. Il la quitta sans un mot.

Ils dormirent tous très tard, fatigués du combat mené contre les flammes. Tous, sauf Hugo qui, levé de bonne heure, fit le constat des dégâts. La chambre de Cecilia était complètement détruite. Sauf le haut des murs où, sur des étagères ses livres et son journal étaient restés intacts.

Amanda fit un effort pour plaisanter :

— Il va falloir recommencer à faire des achats, ma chérie. Vous ne pensiez pas donner si tôt du travail à votre petite protégée...

Lady Margaret qui n'avait rien entendu, ayant ses appartements dans une aile éloignée, déclara aigrement qu'il était temps que Cecilia perde l'habitude de lire aussi tard dans son lit.

Quand un peu plus tard, Cecilia se retrouva dans sa chambre pour évaluer à son tour les dégâts, Hetty s'approcha.

— Madame...

Elle avait dans les mains quelques bouts de chandelle. Son visage était anormalement pâle et défait.

— Madame, j'ai trouvé ceci dans un coin, près des rideaux. Et d'autres encore derrière la porte.

Cecilia se pencha, les sourcils froncés.

— Vous les avez trouvés ?... Mais Hetty...

Elle s'arrêta brusquement, fixant le visage apeuré de la fille. Son cœur battait très fort.

— Oui, madame. Je pense que le feu a été allumé exprès. A plusieurs endroits en même temps. Quelqu'un l'a fait délibérément. Oh ! Madame ! On a cherché à vous faire brûler dans votre lit...

Cecilia essaya de calmer les sanglots de Hetty. Elle réfléchissait. En parlerait-elle à Hugo ? Etrangement, elle décida de ne pas le faire. Pourquoi ? La réponse qui lui vint alors à l'esprit l'effraya. Et si c'était lui qui avait mis le feu ? Il avait été si bizarre ces derniers temps...

Hugo ?... Oh ! Non ! Jamais ! Même si sa passion de la boisson devait le conduire à quelque folie, il ne s'en prendrait pas à elle... Il l'aimait ! Sans aucun doute, il l'aimait...

— En avez-vous parlé à quelqu'un, Hetty ?

— Non, madame. Seulement à vous.

Cecilia se mordit les lèvres.

— Alors, jetez tous ces morceaux, s'il vous plaît, et ne dites rien. Simplement... Simplement, veillez. Veillez sur moi.

Cecilia dormit dans la chambre de Hugo les jours suivants. Amanda l'avait accompagnée quand elle était allée faire ses commandes. Plus vite sa chambre serait refaite, plus vite, lui semblait-il, elle oublierait les cauchemars qui l'assaillaient chaque nuit.

Quelqu'un avait mis le feu à sa chambre. Volontairement. Quelqu'un qui la détestait. Qui ?

Elle errait souvent dans les jardins, ne rentrait dans la maison qu'avec répugnance. La demeure semblait chargée d'effluves maléfiques.

Un jour, pendant qu'elle veillait à la décoration de sa chambre, Cecilia fut amenée à ouvrir le tiroir d'une commode dans la chambre de Hugo.

Elle y trouva un déshabillé bleu pâle, qui ne lui appartenait pas. De toute façon, le parfum très violent qui s'en dégageait n'avait rien à voir avec celui qu'elle utilisait.

Elle poursuivit ses recherches d'une main fébrile. Sous le déshabillé, elle trouva deux robes, imprégnées du même parfum entêtant. Et, tout au fond du tiroir, un coffret à bijoux : saphirs, perles, et quelques charmantes broches de moindre valeur.

Enfin, en soulevant le coffret, elle dégagea une miniature qui représentait une jeune femme souriante, blonde aux yeux bleus.

Cecilia retourna le portrait. Une signature confirma ses craintes : Diana !

Elle murmura le nom, d'une voix que la colère rendait rauque. Ainsi, Hugo gardait dans sa chambre des objets ayant appartenu à sa première femme !

Elle s'assit, les jambes tremblantes, sur le rebord du lit, la miniature dans la main, les yeux fixés sur le tiroir, où les vêtements de Diana étaient empilés maintenant dans le plus grand désordre.

Elle resta ainsi longtemps, le cœur brûlant d'une sauvage, d'une mortelle jalousie. Elle continuait à fixer le ravissant visage, et la rage montait dans son cœur comme un raz de marée.

La porte s'ouvrit brusquement, et son mari entra.

— Vous voilà, Cecilia ! La cloche du déjeuner a sonné depuis longtemps. Vous n'êtes pas habillée ? Vous savez que grand...

Elle le regardait d'un air égaré, la miniature dans sa main crispée.

— Pourquoi avez-vous gardé cela ? demanda-t-elle d'une voix froide, distante, impersonnelle.

— Pourquoi avez-vous fouillé dans mes affaires ? répliqua-t-il aussi froidement.

— Vous avez gardé tout ça : les robes, le déshabillé, imprégnés du parfum le plus vulgaire que j'ai jamais senti ! cria-t-elle, indignée.

Il lui arracha la miniature des mains.

— Je m'en débarrasserai. Cela ne signifie rien pour moi.

La colère aveuglait, faisait bégayer Cecilia.

— Comment... comment, pouvez-vous... encore l'aimer ?

— Mais, Seigneur ! Diana est morte ! Comment pouvez-vous penser cela ?

— Vous êtes *mon* mari, *mon* mari, comprenez-vous ? hurla Cecilia d'une voix pleine de rage et de doute. Comment avez-vous pu...? Oh ! Hugo ! vous ne l'avez pas oubliée ! Vous avez gardé sa miniature ! Sans doute l'embrassez-vous chaque soir ? Est-elle la cause de vos humeurs, de vos ivresses ?

— Baissez la voix, s'il vous plaît. Comment osez-vous me critiquer ? Vous même, vous êtes-vous conduite comme une épouse, depuis des mois ?

— Débarrassez-vous de moi, dans ce cas !

Cecilia criait, mais Hugo gardait son calme. D'en bas, Amanda écoutait, le cœur battant. Une porte claqua. Hugo quitta sa chambre et descendit l'escalier, le visage rouge, les yeux étincelants de fureur. Amanda entendit sangloter Cecilia.

Elle monta la rejoindre, mais sa belle-sœur la repoussa.

— Il a gardé ses affaires ! Partez, Amanda. Je ne veux voir personne.

Amanda redescendit, le cœur lourd, peinée par cet accueil.

Cecilia resta longtemps, prostrée sur le lit de Hugo, la tête cachée dans l'oreiller. Il lui semblait que quelque chose était mort en elle. Elle avait peur aussi et honte... Elle avait suscité la colère de Hugo. Quelle vie allait-il lui faire mener, désormais ? A quoi bon continuer à endurer tant de souffrances ? Pourquoi ne pas retourner au théâtre où elle était aimée et appréciée ? Hugo la détestait. Peut-être même ne l'avait-il épousée que parce qu'elle ressemblait à Diana ?

Et c'était faux ! Oui, elles étaient toutes les deux blondes, mais il y avait dans le regard de Diana une perversité que Cecilia aurait été bien en peine de montrer ! Ses yeux bleus, à l'abri des longs cils, avaient une lueur rusée, même sur la miniature. Comment avait-il pu ?...

Et maintenant, il était parti. Elle en était sûre... Un sanglot la secoua. Non. Il n'était pas parti. Ici, c'était sa maison. C'était elle qui devait la quitter. Mais, pourquoi avait-il semblé si inquiet pour sa sécurité quand sa chambre avait brûlé ? Pourquoi avait-il risqué sa vie pour la sauver, s'il la détestait ?

Trop absorbée dans ses tristes pensées, elle n'entendit pas la porte de la chambre s'ouvrir et se refermer doucement. Pas jusqu'à ce que Hugo eût posé une main tremblante. maladroite, sur son épaule. Elle fit un tour sur elle-même pour le fixer de ses yeux pleins de larmes.

— Cecilia, pardonnez-moi, dit-il gravement. Je regrette.

Elle le regarda, les yeux agrandis, et s'assit sur le lit.

— Vous... vous... regrettez ? Oh ! Hugo...

— Oui. Vous aviez raison. J'aurais dû depuis longtemps renvoyer cela à la famille de Diana. La miniature surtout. Je ne... Je ne sais vraiment pas pourquoi je l'ai gardée. Je m'accrochais sans doute à un souvenir faux, à une part de ma vie à jamais morte.

— Vous l'aimez encore ! accusa-t-elle, la main serrée sur son mouchoir trempé.

— Non, dit-il durement, les lèvres serrées. J'ai cessé de l'aimer très peu de temps après notre mariage, Cecilia. Je le jure devant Dieu.

Elle pressa le mouchoir sur sa bouche entrouverte par la surprise. Elle ne savait plus que penser. Après une courte hésitation, Hugo ajouta :

— J'enverrai cette miniature à sa famille. En fait, je vais la renvoyer par un valet. ainsi que les vêtements. J'aurais dû le faire depuis longtemps.

Il lui sourit, son visage adouci penché tendrement sur elle, les bras tendus. Elle s'y jeta fougueusement.

— Oh ! Cecilia ! Je vous adore comme vous êtes. Vous êtes terriblement jalouse, n'est-ce pas ?

Elle aurait aimé le nier : la jalousie n'est pas un très joli sentiment. Mais c'était impossible !

— Atrocement ! avoua-t-elle en reprenant son souffle. Depuis que nous nous sommes rencontrés. Je me demandais toujours si elle... et si vous...

— Vous n'avez pas à être jalouse d'elle. Elle est morte. Et, en outre...

Il hésita et ne termina pas la phrase commencée, mais dit :

— J'ai souvent été jaloux de vous, mon aimée, quand les hommes tournaient autour de vous, ou que l'on bavardait sur votre compte. Mais je n'ai jamais pensé que vous étiez jalouse de moi.

Pelotonnée dans ses bras, elle lui avoua qu'elle l'avait été terriblement, dès le premier jour, malgré la confiance qu'elle avait en lui.

— Ne parlons plus de tout cela, chérie. Mais... je suis heureux que vous m'aimiez à ce point-là.

Il l'embrassa passionnément et elle répondit à ses baisers comme quelqu'un qui a craint de tout perdre... De nouveau, il n'y avait plus d'ombre entre eux. Seulement le radieux soleil de leur amour.

Ils restèrent ensemble tout l'après-midi et dînèrent seuls. Ils parlèrent plus librement qu'ils ne l'avaient jamais fait.

Hugo raconta sa jeunesse. Cecilia oublia ses soupçons au sujet de l'incendie de sa chambre. Mais elle aurait voulu en savoir davantage sur Diana. Que s'était-il passé pendant ce fameux voyage en Italie ? Et cette mort ? Comment faire le tri entre toutes les versions qui lui avaient été fournies ? Mort naturelle ? Meurtre ? Comment savoir ?

Ne valait-il pas mieux laisser dormir les mystères, s'il y en avait, et être tout entière à leur nouveau bonheur. Cependant, Cecilia se demandait combien de temps durerait cette éclaircie...

*
* *

Laurence faisait un petit tour dans le jardin avec Amanda.

— Avez-vous entendu la querelle ? demanda-t-il, moqueur. On aurait cru un opéra italien.

— Oh ! Laurence !

Le ton d'Amanda était plein de reproche. Elle lui retira sa main. Il avait pris l'habitude de la serrer étroitement dans la sienne, ou de prendre la jeune femme par la taille, d'une façon un peu trop intime, songeait-elle parfois.

— C'est triste, vous avez raison, Amanda. Je ne serais pas surpris si ces deux-là s'entretuaient un jour ou l'autre... Hugo ne supporte aucune opposition.

— C'est horrible de dire des choses pareilles ! Jamais Hugo...

— Diana est morte, dit-il simplement.

Devant la question posée par les yeux grands ouverts, il haussa les épaules.

— Bien sûr, nous ne saurons jamais la vérité, mais je connais les crises de Hugo. Nicky également.

— Hugo est l'homme le meilleur que je connaisse !

Amanda faisait face à Laurence et le regardait, l'air à la fois angoissé et furieux.

— Comment pouvez-vous insinuer des choses pareilles ? Lui et Cecilia s'adorent.

— N'en parlons plus. Hugo a-t-il décidé de la date du départ pour Barrington Court ?

— Peut-être en juin, après les courses.

Elle était heureuse de la diversion. Distraite, elle suivait le sentier sans prêter attention au bavardage de Laurence. Elle songeait à Cecilia pour qui elle avait beaucoup d'affection. Hugo l'aimait. Elle en était sûre.

— Viendrez-vous monter avec moi, demain matin ?

demanda Laurence. J'aime beaucoup vous contempler en tenue d'amazone.

Elle se laissa persuader et le quitta, après lui avoir laissé prendre un baiser léger sur la joue. Peut-être l'épouserait-elle ? Elle avait envie de protection et Peggy avait besoin d'un père.

Elle arriva très tôt aux écuries, le lendemain mais Laurence n'était pas là, en dépit de ce qu'il lui avait dit la veille. Sa femme de chambre lui avait appris qu'il était rentré très tard dans la nuit. Il était ivre.

Elle mit sa jument au trot quand elle eut franchi les portes du parc, et répondit distraitement aux saluts qu'on lui adressait. Il faisait un temps radieux. Soudain, elle se raidit en entendant la voix qui l'appelait par son prénom, et pressa sa jument. Mais l'appel se renouvela, plus impérieux !

— Amanda !

Gilbert s'était déjà porté à sa hauteur.

— Amanda, il y a plus d'une semaine que je ne vous ai vue. Je suis passé chez vous et j'y ai laissé ma carte.

— Réellement, monsieur, vous êtes bien agressif, ce matin, répliqua-t-elle d'un air que n'aurait pas renié lady Margaret.

— Allons ! Cessons ce jeu, Amanda. Qu'est-ce qui ne va pas ? Je croyais que nous étions amis.

Quand il lui parlait de cette façon, son pauvre cœur avait très envie de s'attendrir. Mais... elle ne pouvait oublier tout ce que lui avait appris Laurence.

— Parce que vous êtes lié avec Hugo, cela ne vous donne aucun droit d'être si familier avec moi. Si... impertinent. Les hommes n'ont pas à se soucier des qualités de leurs compagnons... Les femmes se doivent d'être plus attentives...

Le sourire de Gilbert avait disparu. Elle allait pousser sa bête pour le devancer quand il attrapa la main gantée qui tenait les rênes, d'une poigne solide.

— Amanda, vous ne partirez pas avant de m'avoir expliqué cette remarque.

Elle fit un geste vague de la main sans oser le regarder.

— J'attends. Qu'avez-vous entendu ? Quels ragots ?

Elle jeta un regard vers son groom. Mais celui-ci s'était écarté et Gilbert tenait toujours solidement ses rênes.

— Que vous a-t-on dit ? Et qui ?

— C'est sans importance, murmura-t-elle.

— Je ne le crois pas, si cela a suffi à vous fâcher contre moi.

Elle lui lança un coup d'œil suppliant. Le regard gris ne cillait pas. Les mâchoires étaient contractées.

— Je n'ai pas envie d'en parler. Après tout, il s'agit de votre vie privée et si vous avez envie de... faire la fête... et de...

Pour sauver sa vie, elle n'aurait pu dire un mot de plus.

— La fête ? Je mène la vie la plus calme qu'on puisse imaginer. Je serais déjà à Cleveland, Amanda, si je n'avais pas eu envie de rester près de vous. Maintenant, dites-moi : quels potins avez-vous entendus ? Qu'ai-je pu faire pour vous fâcher ainsi ?

Amanda avait terriblement rougi. Elle ne pouvait répéter les horreurs que lui avait racontées Laurence, et maintenant que Gilbert était devant elle, elle n'était plus du tout sûre de la véracité de ses propos.

— Qui vous a parlé de moi ? répéta Gilbert. Hugo ? Laurence ? Oui, je pense que c'est lui, murmura-t-il en la voyant détourner la tête d'un air gêné.

— Très bien. C'est Laurence. Et qu'a-t-il dit ? Je le vois à peine. Ainsi c'est lui qui s'est permis ?... Dites, Amanda !

Il y avait dans sa voix un ton de colère qui l'effraya. Elle s'écarta et les yeux de Gilbert flamboyèrent.

— Je vois... ça doit être plutôt laid pour que... Eh bien !... pour le moment, continuons notre promenade. Comment va ma Peggy ?

— Elle n'est pas votre Peggy !

— Vraiment ? Et bien, demandez-le lui... Puis-je venir la voir ?

— J'aimerais que vous n'insistiez pas.

— Et pourtant, j'insisterai, Amanda. On ne condamne pas un homme sans l'entendre. Ai-je tué quelqu'un ? Assailli un fourgon postal ?

Elle ne répondit pas et lorsqu'elle parut vouloir s'éloigner, il dit simplement :

— Je ne vous laisserai pas rentrer seule !

— Pourquoi ? Tyson est avec moi.

— Vous avez besoin qu'on s'occupe de vous. Vous ne semblez guère plus adulte que Peggy, en ce moment. A propos, Laurence est-il à Londres actuellement ?

— Il est avec nous, oui. Je pense qu'il partira prochainement.

Gilbert la suivit quand elle prit le chemin des écuries. Il ralentit sa monture, mais ne la quitta pas à l'entrée comme il avait l'habitude de le faire. Tyson était juste derrière elle et descendit rapidement de cheval pour aider la jeune femme, mais Gilbert fut plus prompt. Il la prit dans ses bras avec un sourire où il y avait de la malice et... bien autre chose, aussi. Elle hésita, puis, finalement se laissa aller contre lui, tandis que le groom emmenait la jument. Avant qu'elle sache où elle en était, les lèvres fermes de Gilbert s'étaient posées sur sa bouche. Quand il releva la tête, elle avait reçu le plus inattendu des baisers. Elle en avait perdu le souffle. Comment aurait-elle pu le repousser ? Ce baiser l'avait infiniment troublée.

— Que vois-je, Amanda ? Des rendez-vous amoureux, si tôt le matin ?

La voix moqueuse les fit sursauter. Leurs yeux se quittèrent à regret. Amanda sentait la tête lui tourner. Laurence riait, mais ses yeux étaient méchants. Gilbert la lâcha lentement.

— J'ai appris que vous répandiez des ragots à

mon sujet, monsieur Kinnaird ? dit-il lentement d'une voix inquiétante.

— Moi ? Qui a dit cela ? Amanda ? dit-il en la regardant.

— Les silences sont parfois plus révélateurs que les paroles. J'ai demandé à Amanda pourquoi elle refusait même de me voir. Ceci est votre travail sans aucun doute, continua Gilbert.

Amanda était consternée. Laurence avait le tempérament violent des Kinnaird. Ils risquaient de se battre. Qu'importait à tous deux que le duel fût défendu !

— Laurence n'a... rien dit..., mentit-elle.

— Dans ce cas, j'imagine, répliqua celui-ci, moqueur, que ma cousine est seulement fatiguée de voir trop souvent un campagnard comme vous monopoliser son temps... Elle en a assez de vous, c'est tout !

Les deux hommes se toisaient : Laurence avec arrogance, Gilbert comme un solide étalon à qui un rival vient disputer son terrain de chasse. Amanda était effrayée par leur silence.

— Je dois aller voir Peggy, murmura-t-elle.

Gilbert se tourna alors vers elle, l'air très assuré.

— J'espère vous voir avant votre départ pour Barrington, Amanda, dit-il.

D'un geste très souple, il se mit en selle et disparut.

Laurence la regarda partir, une lueur cruelle dans les yeux. Amanda le frôla à son passage vers la porte arrière de la maison. Elle était étrangement perturbée par ces événements. Etre seule pour y réfléchir, voilà ce qu'il lui fallait. Lequel des deux hommes devait-elle croire ?

Dans la nursery, elle resta un long moment à bercer Peggy sur ses genoux. Elle répondait distraitement aux questions inlassables de l'enfant. De temps à autre, elle passait les doigts sur ses lèvres. Elle sentait encore le baiser passionné de Gilbert.

Elle attira Peggy contre elle.

— Chérie, te souviens-tu du marquis de Cleveland, celui qui était si gentil avec toi ?

Peggy se pelotonna contre l'épaule de sa mère.

— Oh ! Oui ! maman. J'aime quand il frotte sa joue contre la mienne, même quand ça pique un peu.

Amanda sourit involontairement. Oui, elle aussi, avait aimé sentir son visage contre le sien. Ses joues un peu rugueuses contre son propre visage empourpré, sa chaleur, ses lèvres fermes sur sa bouche... Ce serait difficile à oublier...

Mais, avait-elle besoin de l'oublier ? Si Laurence... ? Etait-il assez jaloux pour faire courir de telles rumeurs ? Qu'il était donc difficile de connaître les gens, les hommes, surtout. Ils ont un visage pour leurs amis, un autre pour leur famille, un, encore différent pour leur femme ou leur maîtresse...

Mais Amanda avait pensé qu'elle connaissait bien Gilbert. Elle était sûre de son honnêteté. Elle désirait de tout son cœur croire qu'elle n'avait pu se tromper.

CHAPITRE X

— Etes-vous fâchée contre moi ? demanda Laurence, en glissant quelques coussins sous sa tête. Ce nouveau sofa est bien confortable !

Cecilia, debout devant la fenêtre, arrangeait les plis des rideaux, aidée de Hetty. Elle ne répondit pas tout de suite.

— Vous vous donnez trop d'importance, répondit-elle calmement.

Laurence l'étudiait, les yeux paresseusement mi-clos, mais la mâchoire serrée. Il se redressa, tandis qu'elle continuait son travail.

— Vous êtes en train d'essayer de ressusciter le passé, Cecilia. Je n'en ferais rien à votre place. Pourquoi avez-vous redescendu tous ces jades des greniers ? Cela risque de rappeler de mauvais souvenirs à Hugo. C'est ce que vous cherchez ?

— Hugo m'a autorisée à faire ici ce que je voudrais.

Elle se retourna vivement et capta le regard indécis du garçon.

Réellement, elle était fière de l'arrangement de la pièce, malgré les réflexions équivoques de Laurence. Elle espérait avoir là une pièce intime et plaisante, où Hugo et elle pourraient trouver quelques instants de détente et de repos.

— Hugo a un tempérament, dit soudain Laurence à voix presque basse. Vous, vous avez simplement du goût. Et bon goût, d'ailleurs. Mais, Cecilia, laissez-moi vous dire une chose. Et croyez bien que je n'ai en vue que votre protection. Je n'ai jamais soufflé mot à personne de ce que je vais vous révéler. Si vous deviez un jour le dévoiler, je vous démentirais. Avez-vous bien compris ?

— Parfaitement. Et je vous demande de ne rien me dire. Je ne veux rien savoir.

Il se leva d'un mouvement très lent.

— Mais... il s'agit de votre vie, Cecilia... Je ne puis continuer à assister à un prévisible désastre. Pourquoi, Cecilia, pourquoi pensez-vous que j'ai essayé d'éviter votre mariage ? Il... Il vous tuera, Cecilia !

Un long frisson la parcourut. Laurence arpentait la pièce comme une panthère en cage. Il avait perdu son air débonnaire. Il faisait certainement des efforts pour continuer. Il était plus pâle que Cecilia, contracté, malheureux.

— Ecoutez, dit-il enfin, j'ai connu Hugo toute ma vie. Nous avons été élevés ensemble. Parfois il est réellement démoniaque. Il entre dans des colères... Et fait des choses... Ensuite... Eh bien, il ne se souvient même plus qu'il les a faites. Il en fut ainsi... avec Diana.

Cecilia le fixait, incapable de bouger, de parler.

— Evidemment, je n'irais pas divulguer ce que je sais aux aux autorités. Mais... Cette nuit-là, nous étions allés au théâtre. Hugo nous quitta au premier entracte. Je l'ai suivi. Oui, je sais... j'ai dit que je ne savais pas où il était... En fait, il est revenu à la maison, furieux. Il m'avait confié un peu avant qu'il était certain que Diana recevait un amant. En Italie, il avait dit la même chose. Et ce n'était pas vrai. Diana l'aimait. Et, lui, la battait. J'en ai parfois vu les marques, mais il le niait toujours.

Cecilia écoutait de toute son attention. Elle était entraînée par son métier à étudier non seulement les mots, mais les moindres intonations.

— Cette nuit-là, continua Laurence, il est entré dans la maison par les jardins. Diana était dans cette pièce, moi, je restai caché. Quand je me suis élancé, il était trop tard.

Il cacha sa tête dans ses mains. Il tremblait. Elle ne l'avait jamais vu aussi émouvant, aussi sincère.

— Ils se sont battus. Comme elle allait crier, il l'a frappée. Ensuite... Quand je suis arrivé dans la pièce, elle était à terre, égorgée. Lui avait fui par le jardin.

— Mais... vous êtes revenu vers le théâtre, murmura Cecilia.

Il y avait là quelque chose qu'elle ne comprenait pas.

— Exact. Que pouvais-je faire ? Je n'allai pas dénoncer mon propre cousin ? D'ailleurs, ce soir-là quand il a regagné la maison, il était fort calme. Sa rage était passée... Et il avait tout oublié.

— Oublié ? s'écria Cecilia, incrédule. Impossible ! Un homme ne peut pas tuer et oublier...

— Si... Un fou le pourrait, répondit Laurence en la regardant, les yeux pleins de tristesse.

— Non ! Oh ! Non ! murmura-t-elle d'une voix brisée.

— Si ! Il y a une certaine hérédité chez les Kinnaird, ma pauvre Cecilia. C'est pourquoi j'ai essayé de vous écarter de lui, comme j'ai pu. Je n'y ai pas réussi, mais j'ai peur. Un jour il vous tuera. Il faut le quitter, ma pauvre petite. Le quitter avant qu'il ne soit trop tard.

Cecilia se laissa tomber sur le divan.

— Vous êtes sûr ? De qui s'agit-il ? Est-ce lointain ?

— Le grand-père de Hugo. Le mari de lady Margaret. Il n'a jamais été enfermé. Mais il a terminé ses jours sans sortir de sa chambre, à Barrington. Cela lui a évité l'asile... Prenez garde, Cecilia.

Elle sentit sa main se poser doucement sur son épaule puis Laurence quitta la pièce.

Prostrée sur le divan, elle ne pouvait y croire. Pourtant... Elle avait entendu tant de versions de la

mort de Diana. Aucune ne lui avait paru irréfutable.
Connaissait-elle maintenant la vérité ? Elle ne pouvait
rester là sans réagir. Elle aperçut son visage dans le
vieux miroir doré qu'elle venait de faire installer. Elle
était livide et son regard semblait égaré.

Hugo... Fou... Non ! C'était impossible ! Diana pouvait avoir été blessée avant le retour de son mari. Cependant Cecilia avait eu des preuves de ses folles colères, de sa cruauté même parfois... Elle avait toujours
jugé Laurence plutôt insensible. Cependant, sous cette
carapace d'indifférence souvent moqueuse, il cachait
un réel souci des autres. Peut-être était-ce ce qui l'avait
poussé à s'occuper d'Amanda ? Avait-il senti qu'elle
avait particulièrement besoin de protection ?

Comme elle connaissait peu la famille Kinnaird, en
somme ! Et tous les aristocrates, en général. Elle savait
qu'ils faisaient souvent des mariages consanguins, ce
qui pouvait être dangereux pour la descendance.

Etait-ce ce qui s'était produit dans la famille de
Hugo ? Etait-ce la raison de ses humeurs fantasques et
sombres ?

Hetty revint, apportant des chiffons à poussière, et
toutes deux travaillèrent en silence.

Cecilia nettoyait un vase de jade quand elle découvrit un papier jauni. Hetty tournait le dos. Elle déplia
le papier et le regarda. Le temps et la poussière
l'avaient effacé et elle eut du mal à le déchiffrer.

« *Chéri, cette nuit, je dois vous voir. Nous ne
pouvons continuer ainsi. Qu'allons-nous faire ? Lui en
avez-vous déjà parlé ? Ce soir, pendant la représentation, venez ! Je vous aime.*

Le billet n'était pas signé. Pour l'identifier, il n'y
avait que l'élégante écriture très féminine. C'est à cet
instant que Hugo entra dans la pièce pour lui dire
bonjour.

— Vous avez fait de ce salon quelque chose de
délicieux, Cecilia, dit-il, souriant aussi à Hetty.

— Hugo, connaissiez-vous ce vase ? dit-elle en le
lui tendant.

Il s'approcha, le lui prit des mains, et une ombre passa sur son visage.

— Oui. Il était toujours près de la fenêtre dans le salon des jades. Voulez-vous réellement le conserver, Cecilia ? Il me rappelle cette horrible nuit.

— Il est ravissant, Hugo, mais voici ce que je viens de trouver à l'intérieur.

Hugo se pencha sur le feuillet jauni, le lut, réfléchit, tourna le papier, le retourna et le relut. Cecilia surveillait l'expression de son visage. Hugo était manifestement étonné.

— Mais... c'est l'écriture de Diana ! A qui était-il adressé ? Y avait-il une enveloppe ?

— Rien que ce feuillet. Hugo, j'aimerais que vous m'en disiez davantage sur Diana. Je veux dire, pensez-vous que... enfin, qu'elle favorisait un autre...

— C'est possible. Très possible ! Et après ? Un homme ne peut-il donc avoir jamais la paix ? Elle est morte et je n'ai pas l'intention de parler d'elle. N'allez-vous pas cesser d'être obsédée par elle ?

— Hugo ! Je voudrais seulement comprendre.

Son regard était effrayé. Elle avait l'impression, tout à coup, d'avoir libéré les démons, d'être leur proie...

— Par pitié, laissez dormir tout cela ! répéta Hugo violemment.

Elle porta la main à ses lèvres. Cette violence... Oh ! Non ! Pendant un instant, un éclair, il avait eu l'air fou...

Elle s'assit, les genoux tremblants, les lèvres sèches. Elle entendit son mari quitter la maison. Il avait des rendez-vous d'affaires. Elle ne le revit pas avant le soir.

Le lendemain, elle prit son petit déjeuner de bonne heure dans sa chambre. Puis elle commanda discrètement une voiture et quitta la maison. Elle se rendit à l'appartement de Jany Fields. May la vit arriver avec un plaisir qui lui fit monter les larmes aux yeux.

— Chérie, dit-elle, il y a si longtemps ! Quelle joie de vous revoir.

Cecilia s'assit et May s'affaira pour leur préparer le thé. Il semblait très curieux à Cecilia de voir May s'occuper de quelqu'un d'autre. En même temps, elle était un peu triste. Après un moment de conversation banale, Cecilia en vint au problème qui la préoccupait.

— Je crois que vous partez en tournée bientôt ? demanda-t-elle à Jany Fields.

— Oui ! C'est May qui a notre emploi du temps. Est-ce qu'on vous y verra ? demanda-t-elle gaiement.

C'était une fille très jeune, simple et gentille, étonnée de son succès : le contraire d'une arriviste.

— J'espère que cela me sera possible. Allez-vous jouer Ophélie ?

Jany eut une mimique d'incertitude.

— Monsieur Brayton le désire et je suis en train d'étudier le rôle. Mais je ne me sens pas du tout faite pour lui. Je ne comprends pas Ophélie. Pourquoi n'épouse-t-elle pas tout simplement Hamlet ?

Cecilia sursauta en entendant cette opinion sur un des plus grands rôles du répertoire.

— Mais, vous savez bien qu'elle est déchirée entre son obéissance envers sa famille, l'affection de ses parents, et son amour pour Hamlet qui joue la folie...

— Oui, mais comment peut-on rendre tout cela ? Je ne peux y mettre aucune vérité ! Je veux dire que je peux m'imaginer devenant folle pour avoir trop réfléchi...

Disant cela, Jany se mit à rire, la bouche pleine du gâteau qu'elle venait d'y mettre.

Cecilia but lentement son thé et mangea avec joie un des scones de May. Depuis longtemps elle avait perdu son bel appétit. Maintenant qu'elle projetait d'agir, celui-ci revenait.

— J'ai une idée, dit-elle, si vous ne la trouvez pas inopportune. Depuis longtemps, j'ai envie d'aller à Bedlam.

Jany ouvrit de grands yeux.

— Bedlam ? Qu'est-ce que vous voulez faire dans une maison de fous ?

May donnait déjà son accord, d'un hochement de tête.

— L'idée est excellente, Cecilia. Ce que vous proposez, les plus grands artistes l'ont fait.

— Oui, Jany. Il faut aller étudier l'expression des fous, les gestes qui sont les leurs, et ainsi donner beaucoup de réalisme au rôle.

— Seigneur ! Vous n'attendez pas cela de moi ?

— Mais si !

— Bien ! déclara May en souriant. Je ferais aussi bien de l'habiller et d'y aller avec vous. Jany aura besoin de quelques conseils. Je saurai mieux les donner si j'ai vu.

Jany n'avait aucune envie de faire cette expédition, mais la réputation de Cecilia, et ses paroles persuasives eurent raison de sa résistance. Un peu plus tard, elles partaient toutes les trois pour Bedlam.

Le trajet fut silencieux. Chacune était plongée dans ses pensées. Jany croisait les mains nerveusement, son visage devenait de plus en plus anxieux à mesure qu'on approchait de l'établissement. Le directeur se montra très compréhensif quand Cecilia lui expliqua sa requête. Il était habitué à l'excentricité des gens de théâtre et ce n'était pas la première fois qu'on lui demandait une autorisation de ce genre. Après quelques mots d'avertissement sur ce qu'elles devaient faire ou ne pas faire, il les fit accompagner.

— Vous désirez voir les plus malades ou les moins atteints ? demanda leur guide.

— Tous ont de l'intérêt pour nous, décida Cecilia, malgré les regards effrayés de Jany.

Pendant deux heures, ce fut un voyage aux enfers. Les détails qu'on leur donnait étaient à faire dresser les cheveux sur la tête. Cecilia observait surtout les regards. Ils étaient parfois brillants de fureur et de haine, ou vides et ternes comme des vitres sales. Quand elles quittèrent l'établissement, elles étaient toutes les trois lasses à mourir.

— C'était insoutenable ! gémit Jany dans la voiture.

Cecilia lui prit gentiment le bras.

— Vous comprenez maintenant ce qu'Ophélie pouvait ressentir, n'est-ce pas ? Déchirée, souhaitant l'amour, et pourtant effrayée, elle voulait s'envoler vers le bonheur, mais elle était déjà à terre, blessée par les chasseurs.

Cecilia les quitta devant l'appartement de Jany. La jeune fille l'attira à elle et l'embrassa aussi simplement qu'un enfant l'aurait fait.

— Merci. Vous êtes si charmante, si étonnante, aussi. Quel dommage que vous ne soyez plus parmi nous ! Bien que, ajouta-t-elle dans un rire, il m'aurait fallu attendre très longtemps un rôle...

Cecilia avait été sensible au compliment. Elle sourit. Mais, bientôt, son sourire disparut. Elle pensait à Hugo. A Bedlam, elle avait vu des choses atroces. Mais elle ne s'y était pas rendue uniquement pour rendre service à Jany Fields. Elle avait épié les attitudes, vu des malades en crise. Etait-il possible que son cher Hugo soit marqué par cette tare ? Elle avait essayé de découvrir là-bas quelque chose d'important. Elle en revenait plus incertaine que jamais. Si Hugo était vraiment fou, c'était elle qui était prisonnière...

Hugo était impatient de quitter Londres. Cecilia n'y voyait aucune objection. Elle n'appréciait pas beaucoup la vie mondaine de la capitale et n'aimait pas les courses. Finalement Hugo proposa un matin de se préparer à partir pour Barrington.

Le visage d'Amanda s'éclaira.

— Oh ! Oui, Hugo ! Il me tarde tant ! Et à Peggy encore davantage. Vous adorerez Barrington, Cecilia.

— Oui, je crois que je l'aimerai.

Même lady Margaret émit une opinion favorable.

— Il fait si lourd à Londres ! Je vais me dégager immédiatement des quelques invitations que j'ai acceptées.

La vieille dame sembla remarquer le visage heu-

reux de Cecilia et lui sourit. Depuis quelque temps
leurs relations étaient meilleures et Hugo s'en réjouis-
sait. Cependant, il était encore parfois préoccupé au
sujet de sa femme. Le théâtre lui manquait-il ? Elle
était souvent nerveuse et distraite. Il n'était sûr que
d'une chose : il l'adorait et vivait dans la terreur de
la perdre... Il étouffa un soupir et se mit à discuter du
nombre de voitures nécessaires à leur déménagement.

Ils firent le voyage en deux jours avec un arrêt
dans une charmante auberge, à mi-chemin. Ils arrivèrent en fin de journée à l'heure où les ombres s'allon-
geaient sur les pelouses et où les arbres semblaient
teintés d'or et de pourpre. Cecilia prit la main de son
mari.

— Oh ! Hugo ! C'est magnifique !

Il porta cette main à ses lèvres.

— Chérie, je souhaite que vous l'aimiez autant que
je l'aime. C'est la maison de mon enfance. L'endroit
où j'ai été le plus heureux.

Elle s'appuya à son épaule et il sut qu'elle commu-
niait avec lui. Sans plus tarder, il lui fit visiter la maison, le grand hall, les immenses salons, et lui présenta
ses ancêtres, ainsi que le dit malicieusement Amanda,
qui les suivait dans leur promenade.

Hugo s'attarda sur la terrasse lorsque les deux femmes eurent gagné leurs appartements. Il pouvait entendre le rire léger de Cecilia en réponse aux taquineries
d'Amanda. Il se félicitait que Laurence et Nicky ne
les aient pas accompagnés.

Ils étaient tous fatigués ce premier soir et allèrent
se coucher de bonne heure. Le lendemain matin, Hugo
fit faire à Cecilia le tour de la propriété et fut heureux
de son enthousiasme. Comme elle, il regardait toutes
choses d'un regard neuf. Dans la verdure et les fleurs,
elle avait l'air d'une reine de contes de fées.

Lui-même pensait qu'il n'y avait rien de plus merveilleux que Barrington. Enfant, il avait joué dans ces
allées, jeune homme, il avait galopé à travers la forêt
qui encerclait le domaine. Il en aimait l'isolement. Le

plus proche village était à huit kilomètres et les voisins n'étaient jamais encombrants.

Il eut envie de raconter mille choses à Cecilia, mais il n'osa pas. Il lui dirait tout un jour, quand ils seraient non seulement des amoureux, mais des amis. C'était l'aspect qu'il voulait donner plus tard à leur mariage. Et il lui tardait qu'il en fût ainsi.

Bientôt Juin fit place à Juillet. Les pelouses prirent des teintes d'émeraude. Les roses blanches moururent et les roses rouges firent éclater leurs boutons.

Le matin, ils partaient faire une promenade à cheval. Peggy y était conviée et en éprouvait une légitime fierté. C'était un groupe très joyeux qui parcourait au trot les environs, dans des tenues aux charmantes couleurs : Cecilia en vert, Amanda en bleu, et Peggy en rouge.

Ces matinées étaient divines, songeait Hugo en savourant pleinement ces moments de bonheur parfait.

Le petit déjeuner qui suivait ces promenades matinales n'était pas moins agréable. Tous les quatre encore sans aucune étiquette et l'appétit aiguisé par le grand air. Ils avaient retrouvé des plaisirs enfantins.

Mais Laurence et Nicky arrivèrent et ce calme merveilleux ne fut plus qu'un souvenir. Ils apportaient des nouvelles du monde extérieur, ce monde qu'ils avaient presque oublié. Cecilia parut s'assombrir.

— Votre ancienne troupe viendra ici en août, avait annoncé Laurence au dîner, dès le premier soir. Vous irez sans doute les voir ? Jany Fields est excellente dans le rôle d'Ophélie. Elle vous est très reconnaissante de votre aide.

— Quelle aide ? demanda Hugo d'un ton brusque, soupçonneux.

Cecilia ne lui avait pas parlé de sa visite à la jeune actrice avant leur départ de Londres. Son mari capta son regard désolé. Ainsi, elle avait fait cette visite secrètement ?

Laurence parut seulement alors se rendre compte

de sa maladresse et ses excuses à Cecilia n'arrangè-
rent pas les choses.

— Je lui ai simplement donné un conseil au sujet
de ce rôle.

Plus tard dans la soirée, Laurence alla dire quelques mots à voix basse à Cecilia. Manifestement, il
était navré mais Hugo le regardait faire sans plaisir.
Il souhaitait que sa femme n'eût pas de secrets pour
lui. Il ne pouvait s'empêcher de penser, dans ces
moments, à Diana. Mais non ! C'était très différent.
Cecilia n'était pas de celles qui, furtivement, vont
retrouver un amant...

Le lendemain, après leur promenade, il demanda
à la jeune femme de venir faire avec lui un tour dans
les jardins. Elle avait été très silencieuse pendant leur
sortie et il ne pouvait supporter le regard malheureux
qu'elle avait depuis la veille.

— Cecilia, ma chérie, j'aimerais que vous n'ayez
pas de secrets pour moi.

Elle sursauta et pâlit. Ses yeux s'étaient assombris.

— Des secrets, Hugo ? Quels secrets ?

— Je parle de votre visite à vos amis du théâtre.
Aimeriez-vous retourner à la scène ? Est-ce cela qui
vous trouble ?

— Y revenir ? Que voulez-vous dire, Hugo ?
demanda-t-elle calmement, désireuse de ne pas rompre leur tranquillité actuelle.

En lui-même, Hugo avait déjà répondu à la question. Il ne pourrait la laisser retourner au théâtre,
même pour quelques représentations. Il ne saurait
supporter qu'elle fût éloignée, de lui, même peu de
temps.

— Je me demandais simplement si la scène vous
manquait, dit-il un peu trop sèchement.

— Ce fut toute ma vie si longtemps...

Ainsi, cela lui manquait. Il retint un soupir et partit devant elle, le long de l'allée bordée de fleurs.
Toute cette beauté ! Et Londres lui manquait et
même les fatigues d'une tournée provinciale !

Elle avait posé un doigt sur la lèvre, comme elle le faisait quand elle était triste ou malheureuse. Cela il ne pouvait le supporter.

— Eh bien, ma chérie, nous retournerons bientôt à Londres et je vous emménerai au théâtre souvent. Je ne l'ai pas assez fait, jusqu'ici. Pardonnez-moi, ajouta-t-il, sachant parfaitement que s'il avait été vraiment généreux, il lui aurait permis de reprendre sa place, sur scène. Mais à cela il ne pouvait se résigner. Il revinrent à la maison en silence.

A la mi-août, la troupe s'annonça pour trois représentations dans le village le plus proche de Barrington. Laurence apporta la nouvelle toute fraîche à Cecilia et dit qu'il avait parlé à Jany Fields qui espérait voir les Kinnaird au spectacle.

— Vous irez certainement, Cecilia ? demanda-t-il gaiement.

— Je ne sais pas, Laurence. Je dois consulter Hugo, répondit-elle prudemment.

Elle avait cependant grande envie de revoir ses amis, d'étudier le jeu de Jany et peut-être de mettre M. Brayton au courant de ses projets d'automne. Elle pensait sérieusement à retourner à la scène, ne fut-ce que pour une ou deux pièces par an. Le théâtre lui manquait trop !

A Barrington, la maîtresse de maison n'avait aucune responsabilité. Et Cecilia n'avait pas eu l'habitude de paresser et de flâner à longueur de journée. Cela la rendait nerveuse et irritable. Quand elle tenta d'amener la conversation sur la représentation de la troupe, Hugo lui dit qu'il avait déjà pris d'autres engagements pour ces soirs-là, dans un château du voisinage.

— De plus, ma chérie, ce sera forcément une représentation médiocre, dans une salle inconfortable. Je vous y emménerai quand nous serons de retour à Londres.

— Mais, Hugo, une représentation à la campagne, c'est tout à fait différent. Bien plus spontané ! Et le public se sent plus proche des acteurs.

Elle lui proposa d'y aller seule, incognito, tandis

qu'il se rendrait à l'invitation de ses voisins. Mais il lui fit remarquer que c'était trop dangereux pour une femme seule et qu'il ne voulait plus entendre parler de toute cette affaire.

Les acteurs devaient se produire pendant le week-end, trois fois seulement, et poursuivre ensuite leur tournée.

Monsieur Brayton avait envoyé un mot dans lequel il exprimait l'espoir de voir Cecilia. Il était assez satisfait de son programme et serait heureux de le lui présenter. De son côté, Cecilia avait très envie de le rencontrer, de discuter avec lui de son éventuel retour à la scène.

Cecilia réfléchit calmement à tout cela pendant quelques jours et prit sa décision. Elle irait. Elle ne se confia qu'à Amanda, mais fut très surprise de sa réaction. Sa belle-sœur se montra aussi étonnée que consternée, choquée même.

— Oh ! Chérie ! Vous ne pouvez y aller sans Hugo et en cachette ! Il le découvrira certainement ! Vous ne serez pas de retour avant minuit.

Elle regardait Cecilia avec anxiété. Les lèvres pincées, celle-ci lui expliqua impatiemment :

— Je lui ai demandé la permission et il me l'a refusée. Je n'obéirai pas éternellement à sa seule volonté. Je désire revoir mes amis. Lui, ne le veut pas. Donc, j'irai seule.

Amanda ne discuta pas davantage. Elle était trop douce pour une telle tentative. Mais elle supplia Cecilia d'emmener son cocher, homme de confiance prudent, compétent et dévoué. Cecilia accepta l'offre avec reconnaissance et quitta Barrington discrètement l'après-midi du vendredi.

Elle avait l'intention de voir M. Brayton, de dîner avec lui, de voir la pièce, et de revenir à Barrington aussitôt que possible. Hugo pourrait tempêter autant qu'il le voudrait : elle aurait vu ce qu'elle avait envie de voir et embrassé ses camarades.

Plus elle réfléchissait, plus sa colère contre Hugo augmentait. Il avait espéré la couper de ses anciens amis et lui imposer les siens, simplement parce qu'il l'avait épousée. C'était très injuste.

Personne n'était dans les écuries quand elle partit. Tyson parlait peu. Il avait reçu ses ordres d'Amanda, mais Cecilia se rendit compte qu'il n'approuvait pas cette sortie. Elle nota également qu'il avait emporté un pistolet à sa ceinture.

Elle fut heureuse quand ils parvinrent au village. Tyson la conduisit directement à l'auberge du « Lion d'or ».

Elle prit le thé avec M. Brayton visiblement heureux de la retrouver, le reste de la troupe et son père.

Plus tard, Cecilia fit un tour dans le village avec M. Brayton, pour lui parler sérieusement.

— J'ai grande envie de revenir à la scène, lui dit-elle, mais mon mari est très réticent. Trop jaloux pour me le permettre jamais.

Elle ajouta qu'elle espérait cependant jouer bientôt une ou deux pièces par an. Et ils décidèrent de celles qui pouvaient lui convenir.

Monsieur Brayton avait fait réserver deux places dans les premiers rangs pour Cecilia et lui-même. Jany lui avait dit combien elle était heureuse de sa présence. Cecilia nota certaines répliques qu'elle aurait interprétées autrement. Elle remarqua aussi avec plaisir que Tyson avait pu assister à la représentation, à une bonne place.

Avec le petit soupir de l'actrice qui avait tant espéré jouer la pièce, elle alla féliciter Jany à la fin de la soirée.

Il était déjà près de minuit et elle se prépara au départ. Mais ce fut un tollé général. Leur grande vedette n'allait pas les quitter avant le souper ? Elle ne sut pas résister...

Finalement, il était près de deux heures du matin quand elle monta en voiture. La soirée était humide et Tyson montrait un visage fermé quand il fouetta le cheval. Il regardait anxieusement de part et d'autre de la route.

— S'il vous arrive quelque chose, monsieur Hugo

me tuera, déclara-t-il, quand Cecilia lui demanda ce qui n'allait pas.

— Mais c'est moi qui serais à blâmer. Pas vous, Tyson.

Elle se sentait encore agréablement animée, un peu grise de tous les bavardages de la soirée, de la joie d'avoir revu ses camarades. Un peu ensommeillée, plus tard, elle s'installa commodément pour reviser ses plans.

Oui, Hugo serait furieux, mais quand il serait suffisamment calmé elle lui dirait très franchement qu'elle désirait revenir à la scène, qu'elle était malheureuse, sans possibilité d'occuper ses mains et son esprit. Il était temps, de toute façon de lui révéler ses sentiments réels.

Comme Cecilia fermait les yeux, elle entendit un bruit de galopade derrière eux, régulier et calme. Tyson lançait des regards de plus en plus inquiets.

— Il va nous rejoindre, lança Tyson, le visage anxieux.

Il fouetta l'attelage qui partit aussitôt à grande allure.

Les bras étendus, Cecilia se cramponnait aux côtés de la voiture qui tanguait durement. Ils étaient au grand galop, mais le cavalier se rapprochait. Quand il fut tout près, la jeune femme jeta un regard au dehors, préparant un aimable sourire. Si, comme il était probable, c'était un voisin, il serait ridicule de paraître effrayée.

Son sourire se figea et son cri emplit l'air. Car le cavalier qui venait de les rejoindre, monté sur un robuste étalon noir, était masqué. Un chapeau à large bords cachait son front et un foulard noir dissimulait ses traits. Seuls les yeux sombres et brillants étaient visibles.

Arrivé à hauteur de la voiture, il la dépassa et étendit la main pour retenir les rênes du cheval de tête. Cecilia cria de nouveau et la bête fit un écart. Tyson réussit à libérer les rênes et, à demi-dressé sur son siège, fouetta son cheval avant de cingler durement leur poursuivant.

Cecilia vit l'homme s'écarter. La voiture tanguait de plus belle, à mesure que Tyson accélérait l'allure. Le cavalier masqué revint cependant à la charge. Cette fois, il avait un pistolet à la main. Il leva l'arme. Cecilia hurla et Tyson le cingla de nouveau d'un long coup de fouet.

Le pistolet était braqué... sur elle ! Elle s'accroupit, terrorisée, dans le fond de la voiture. L'homme jura à voix basse. La jeune femme écoutait cette voix qui semblait familière, ainsi que la tenue en selle. L'homme tira et la balle siffla et toucha l'épaule de Cecilia. Elle sentit que sa manche se déchirait et pensa qu'elle avait été simplement égratignée.

Tyson avait à son tour levé son arme. L'homme se laissa devancer. L'étalon, rendu fou par les coups de fouet, s'élança à une vitesse folle sur la route bordée d'arbres. Alors, ils virent apparaître un autre cavalier venant à grande allure à leur rencontre. Cecilia se cacha de nouveau au fond de la voiture.

Tyson jurait, et essayait de retenir le cheval au milieu de la route. Il avait dû déposer son arme, qui glissa bientôt à terre, tandis que, dans un choc, une roue parut se détacher et la voiture versa dans le fossé.

Cecilia fut éjectée brutalement et resta inconsciente un long moment. Quand elle revint à elle, il lui sembla vaguement qu'un cheval galopait au rythme de son propre pouls. Son épaule la faisait souffrir. Elle était étendue dans le fossé dans une position fort douloureuse.

— Seigneur ! Cecilia ! Cecilia !

Une voix familière. Hugo ! C'était Hugo, agenouillé près d'elle et qui tentait de la soulever.

— Cecilia ! Oh ! Merci, mon Dieu ! Elle vit...

Elle éclata en sanglots spasmodiques, fous. Des sanglots de soulagement. Elle avait craint un instant être entre les mains de son agresseur. Comme lui, Hugo portait une tenue noire mais aucune écharpe ne voilait sa face anxieuse, aucun chapeau ne cachait sa chevelure épaisse et bouclée.

Il releva Cecilia et la déposa au bord de la route. Tyson se relevait lui aussi lentement, péniblement, et avec Hugo, ils s'approchèrent de l'étalon encore pantelant, toujours attelé à la voiture renversée. A eux deux, ils réussirent à la redresser. Hugo se tourna alors vers Cecilia.

— Venez. Je vous ramène à la maison, dit-il d'une voix sévère.

Et elle comprit qu'il était terriblement fâché contre elle.

— Tyson, comment vous sentez-vous ? demanda-t-elle, timidement.

Il se frotta la tête.

— Une bonne chute, mais rien de cassé. Et vous madame ?

— J'ai mal à l'épaule. Rien d'autre.

L'eau du fossé l'avait trempée ; elle était glacée, mais plus que tout, elle craignait la réaction de son mari.

Il l'aida à monter en voiture, l'enveloppa dans son manteau et ordonna à Tyson de reprendre la route. Il suivit sur sa monture et Cecilia remarqua que c'était une des bêtes qu'il préférait : un magnifique cheval noir.

Arrivé à Barrington, il emporta Cecilia dans sa chambre et la confia à Hetty, avec un regard sévère pour les yeux rougis de la femme de chambre.

— Elle est trempée et blessée, dit-il. Faites le nécessaire. Je vais lui apporter du thé et du brandy. Et dites à Peggy que Madame est revenue. Elle est avec sa mère.

Il quitta la pièce. Avant qu'il fût de retour, Cecilia avait été lavée, séchée et mise au lit dans une robe de nuit chaude. Son épaule blessée avait été installée de façon qu'elle ne la fasse pas trop souffrir, mais la blessure était plus sérieuse qu'elle n'avait pensé. Son bras était déjà raide.

6

— Le médecin la verra demain matin, dit Hugo
en s'asseyant au pied du lit.

Cecilia rencontra son regard sévère et préoccupé.
Hetty hochait la tête, navrée de l'état de la robe qu'elle
venait de retirer à sa maîtresse.

— Pourquoi êtes-vous partie sans moi ? demanda
Hugo calmement.

— Je... je désirais tellement les revoir tous. Hugo,
devons-nous discuter de cela maintenant ? Je suis
si fatiguée...

— Oui, vous avez eu une émotion en même temps
qu'une blessure, je sais, dit-il.

Mais il ne semblait pas du tout le regretter.

— Je verrai les autorités demain. Il est fort regret-
table qu'une femme ne puisse circuler de nuit sur
nos routes sans risquer d'être attaquée. Mais, c'est
ainsi. Vous auriez dû avoir plus de bon sens, Cecilia.
Grâce à Dieu, Tyson a su garder la tête froide.

— J'espère qu'il n'est pas trop atteint. Quand le
docteur viendra pour moi, je vous serais reconnaissante de le lui envoyer.

— J'aurais plutôt envie de lui donner une bonne
correction ! déclara Hugo, avec violence. Il savait
qu'il ne devait pas vous obéir. Reposez-vous maintenant. Appelez-moi si vous ne pouvez dormir.

Il se leva et la quitta sans même lui dire bonsoir.

— Monsieur est très mécontent, dit Hetty. Vous
n'auriez jamais dû faire cela, madame. Vous savez
comment peut être monsieur quand il est fâché...
Bonne nuit, madame.

Cecilia resta étendue dans l'obscurité, pensant aux
terribles moments où le malfaiteur masqué, dépas-
sant la voiture, s'était jeté sur les rênes pour arrêter
le cheval et pouvoir mieux la viser. Car c'était elle
qu'il visait délibérément.

Le pistolet était braqué sur elle et non sur Tyson.
Elle se remit à frissonner malgré les nombreuses cou-
vertures et la douillette robe de nuit.

L'homme avait l'intention de la tuer, et non de

voler comme on aurait pu le croire. Il voulait sa
mort. Pourquoi ?

Alors lui vint une autre idée. Terrible ! Elle se
dressa dans son lit malgré son épaule douloureuse et
fixa la nuit un long moment. Hugo était-il bien le
second cavalier, accouru à son secours ? Ou bien
avait-il composé le premier personnage pour lui faire
peur ? Ou la tuer ?

C'était d'affreuses pensées dont elle ne pouvait se
défaire. Elle se recoucha oppressée, le cœur battant
follement et se posant sans cesse ces questions obsé-
dantes : Hugo avait-il été l'agresseur ou le sauveur ?
Le premier cavalier masqué ou le second à visage
découvert ? Le saurait-elle jamais ?

CHAPITRE XI

Le lendemain matin, quand Hugo parut, il lança à sa femme un regard froid, mais anxieux.

— J'ai demandé au docteur Holdcraft de venir immédiatement. Il est en train d'examiner Tyson. Comment vous sentez-vous, Cecilia ?

Pas de baiser, pas de tendre pression de main. Il était encore trop fâché, pensait-elle. Et son cœur saignait. Elle s'agita sur son lit, mal à l'aise, évitant son regard.

— Mieux. Merci, répondit-elle faiblement.

Elle savait qu'elle devait s'attendre à un méchant sermon, si, par miracle, elle évitait une explosion de fureur.

Le docteur entra d'un pas vif. C'était un homme d'une cinquantaine d'années, grisonnant, avec un visage sympathique et bon. Il s'installa sur une chaise près du lit avec un soupir.

— Bien. Maintenant, racontez-moi ce qui vous est arrivé.

Cecilia lui expliqua qu'elle revenait du théâtre quand un cavalier l'avait attaquée, peut-être simplement pour l'effrayer, mais, plus probablement pour la voler. La voiture s'était renversée et elle avait été projetée dans le fossé.

Le médecin écoutait attentivement, sans paraître pressé de commencer son examen.

— Oui, je comprends, dit-il quand elle eut terminé. Maintenant, monsieur, si vous voulez bien nous laisser, j'examinerai la malade.

Hugo le regarda comme s'il n'appréciait pas du tout l'idée de le laisser seul avec sa femme, mais quitta cependant la pièce après avoir murmuré quelques mots indistincts, mais certainement peu aimables. Hetty resta auprès du lit.

Le médecin examina Cecilia très soigneusement. Il fit un pansement de la plaie sans commentaires. Puis, curieusement, il insista pour l'examiner plus complètement. Il découvrit des ecchymoses sur les jambes et les cuisses, ordonna des frictions avec un liniment qu'il prit dans sa trousse et lui laissa.

Cecilia se glissa ensuite avec soulagement dans sa chemise de nuit et sous ses draps. Elle s'appuya sur ses oreillers et le remercia de ses soins, pensant qu'il allait la quitter.

Il s'enfonça au contraire sur sa chaise.

— Hetty, si vous vouliez aller prévenir votre maître que je le verrai dans son bureau dans un moment, je vous serais très reconnaissant.

La femme de chambre les regarda tous deux, hésitante. Mais Cecilia lui fit signe et elle quitta la pièce.

— Je désirais vous parler seul à seule madame, dit le médecin à voix basse.

— Pourquoi ne m'avez-vous pas dit que vous attendiez un enfant ?

Cecilia porta ses deux mains à sa poitrine.

— Eh bien ! je venais tout juste de m'étonner, dit-elle d'une petite voix enfantine.

— Vous êtes enceinte d'environ deux mois... Et je parie que vous n'avez encore rien dit à votre mari ?

Elle lui donna raison, en inclinant lentement la tête, les yeux vagues et surpris.

— Non... Je ne peux le croire. Et pourtant, cela doit être vrai...

Elle avait pensé vaguement qu'elle avait trop bon

appétit depuis qu'elle était à Barrington Court. C'était une merveilleuse nouvelle ! Un enfant, Son enfant !

— Voilà, dit le docteur, un peu gêné. Un médecin prend parfois trop de responsabilités... Je vais vous parler, jeune dame, comme un vieil oncle.

— Je souhaite que vous le fassiez. Je vous en serais très reconnaissante.

— Votre mari est un homme puissant, vigoureux et son caractère va de pair. C'est bien connu. J'ai soigné sa première femme. Franchement, il l'effrayait ! Et j'ai cherché à comprendre pourquoi. Elle s'est facilement confiée à moi. Hugo était, me dit-elle, terriblement jaloux. Je pouvais le comprendre. C'était une jolie femme, assez futile, coquette... Mais je n'ai jamais pu savoir pourquoi il avait été si furieux quand elle a attendu un enfant. En était-il aussi jaloux ?

Cecilia se sentit frissonner.

— Jaloux de son enfant ? Mais il désirait un héritier...

— Pourtant, il était préoccupé, froid avec elle. Ce n'était évidemment pas mon affaire, mais quand elle a été attaquée dans sa propre maison, dans le septième mois de sa grossesse, je fus appelé une nouvelle fois. Quand je suis arrivé, elle était dans le coma et l'enfant était mort.

Cecilia serra son châle sur ses épaules.

Si un malfaiteur était venu de l'extérieur, le valet l'aurait vu entrer. S'il était venu par la fenêtre du salon, c'est Diana qui la lui aurait ouverte... Le visiteur ne lui était donc pas inconnu ? murmura Cecilia.

— Vous avez raison. Voilà. Je vous ai dit tout ce que vous deviez savoir. Vous avez un mari jaloux qui risque de ne pas être ravi par l'annonce d'une naissance. Certains n'hésitent pas à dire qu'il y a eu des cas de folie dans la famille. Les Kinnaird essaient de garder ce secret mais tout finit par se savoir... Alors, je vous pose la question. Dois-je prévenir votre mari ?

— Non, docteur. Non. Pas encore. Je m'en chargerai quand je le jugerai bon.

Par-delà le cadavre de Diana, elle voyait l'image
d'un sinistre cavalier masqué tirant sur elle. Et, en
surimpression, le visage de Hugo le matin même,
froid, compassé, tendu...

— Non, répéta-t-elle. Pas encore.

— Comme vous voudrez, madame, je reviendrai
vous voir demain.

Elle lui tendit la main qu'il serra vigoureusement.

— Bonne chance. Je vous connais un peu, madame
ajouta-t-il en souriant. Je vous fais confiance. Vous
êtes jolie, mais vous avez aussi de la tête. Tout ira
bien.

Elle entendit son pas ferme dans l'escalier et sa
voix profonde, lorsqu'il adressa quelques mots à Hetty,
au passage. Hugo monta très peu de temps après.
Cecilia était en train de boire son thé, rêveusement, le
regard perdu.

— Le docteur pense que vous devez garder le
lit quelques jours, Cecilia, dit-il brusquement. Et,
comme vous le savez, nous avons cinquante invités
pour le dîner, alors...

Elle se raidit, et posa sa tasse avec précaution
car sa main tremblait.

— Je suis désolée, Hugo. Je pense qu'Amanda
peut me remplacer comme maîtresse de maison. Voudriez-vous le lui demander ?

— C'est déjà fait et elle a accepté. Elle viendra
dans un moment prendre de vos nouvelles.

Il tournait nerveusement autour du lit, le visage
malheureux, les mâchoires contractées, lui reprochant
sans cesse d'avoir agi sans le prévenir.

— Mais ce sont mes amis, ma famille, insista-
t-elle à voix basse, toujours inquiète de l'éclat qui
menacerait le frêle équilibre de leur union.

— A Londres, êtes-vous allée souvent les voir en
cachette ? Quand je pensais que vous étiez avec
Amanda, ou en promenade dans le parc, étiez-vous
avec vos anciens amis ?

Désespérée, elle ferma les yeux et s'allongea dans
son lit. Elle ne voulait pas de querelle. Réellement,

elle se sentait trop fatiguée pour lutter. Elle désirait penser tranquillement à ce qu'elle devait faire.

— S'il vous plaît, Hugo, je suis lasse. J'ai à peine dormi la nuit dernière.

— J'espère que vous allez vous reposer maintenant... dit-il un peu plus tendrement. Votre bras vous fait-il beaucoup souffrir ?

— Oui, admit-elle.

Il se pencha et l'embrassa sur le front. Puis il quitta la pièce, fermant doucement la porte derrière lui.

Elle dormit un moment, s'éveillant quand son bras lui faisait trop mal. Amanda vint la voir, visiblement inquiète des réactions de son frère. Un peu plus tard, Cecilia put entendre des rires et des bruits de conversation dans le hall. Les invités commençaient à arriver.

**
*

Le dimanche, le médecin revint la voir au milieu de l'après-midi. Il examina son bras, lui demanda de l'exercer davantage si elle voulait éviter l'ankylose, mais de se reposer pendant quelques jours encore.

— Vous risquez de perdre l'enfant, si vous n'êtes pas prudente, dit-il en la quittant.

Elle le remercia, se reposa et pensa au bébé. Un plan se formait peu à peu dans son esprit, en raison du doute qui l'obsédait et de la frayeur que lui inspirait Hugo.

Ce grain de folie... Hugo ne pouvait sans doute pas y échapper, mais elle et l'enfant ? Devaient-ils être tous deux d'innocentes victimes ?

Elle dormit longuement dans la journée afin de prendre des forces. Lorsque Hetty l'eût laissée pour la nuit, la croyant endormie, elle se leva péniblement et réunit tout l'argent et les bijoux qui étaient les siens avant son mariage. Elle jeta quelques vêtements et objets essentiels dans un sac.

Elle cacha le léger bagage dans son armoire, der-

rière son manteau. Le lendemain, elle prit un copieux
déjeuner et reçut une brève visite de Hugo, comme
d'habitude.

Quand elle fut certaine qu'il avait quitté le domaine
pour une tournée d'inspection avec son régisseur, et
qu'Amanda était avec Peggy, elle revêtit une tenue
de cheval noire, endossa son manteau, prit son sac et
descendit l'escalier.

Elle alla vers un nouveau valet, lui annonça avec
un charmant sourire, qu'elle était obligée d'aller voir
son père avant le départ de la troupe et lui demanda
de la conduire en voiture auprès de lui.

Quand elle fut enfin au village, elle ne pouvait
croire que tout se fût si bien passé. Elle commanda
un repas pour le valet et lui fit savoir qu'elle le ferait
prévenir quand elle serait prête à repartir.

Elle se rendit alors auprès de son père et de
M. Brayton occupés à faire leurs bagages.

— Je dois retourner à Londres, leur dit-elle. Je
ne puis vous donner maintenant la raison exacte de
ce voyage, mais, je vous en prie, aidez-moi à partir.

Monsieur Brayton la fixait tandis qu'elle parlait,
le visage très grave.

— Mais, chérie, s'exclama son père, naturellement, nous allons t'aider ! Et tu n'as rien à nous expliquer, Cecilia. Tout est rompu, n'est-ce pas, entre
Hugo et toi ?

Cette gentillesse inattendue la fit fondre en larmes.
Elle sanglota un moment sur l'épaule de ce père qui
avait été trop longtemps indifférent.

— Tu dois revenir au théâtre, c'est sûr. Tu n'es
pas la première dont le mariage a échoué. Ce qui
arrive, je l'avais prévu dès le premier jour.

Rosy et le reste de la troupe, mis au courant, vinrent se joindre à leur petit groupe.

Monsieur Brayton insista pour qu'elle ne parte
pas seule à Londres.

Dominique s'offrit comme escorte, mais sa propo-
sition fut vivement écartée. Un jeune et bel acteur
voyageant avec Cecilia Trent, cela causerait un beau

scandale ! Finalement, il fut décidé que Cecilia ferait
le trajet avec son père dans une voiture de location.

Cecilia avait écrit un mot bref à Hugo pour que
M. Brayton puisse le remettre au groom. Mais, seulement un grand moment après leur départ.

> *Cher Hugo,*
>
> *Je suis partie pour Londres, afin de penser calme-
> ment à mon avenir. Je n'aurais jamais dû vous épou-
> ser. C'était une erreur.*
>
> *Pardonnez-moi pour le chagrin que je vous cause.*
>
> *Quand je serai reposée et que j'aurai eu le temps
> de réfléchir, je vous ferai part de la décision que
> j'aurai prise.*
>
> *Je pense que vous devinez ce qu'elle sera. J'ai
> besoin de retourner au théâtre. C'est ma vie. Je ne
> puis m'en passer. Pardonnez-moi si vous le pouvez.
> Et ne soyez pas trop fâché. Je vous aime profondé-
> ment, Hugo, mais nous ne pouvons vivre ensemble.*
>
> « *Votre Cecilia* ».

Ce n'était sans doute pas une formule très heureuse,
mais elle était si fatiguée que son esprit semblait ne
plus pouvoir lui servir. Elle savait pourtant que
l'orgueil de Hugo allait être terriblement blessé et
qu'il risquait de venir en personne lui faire de véhé-
ments reproches. Et... qu'elle ne pourrait supporter
son chagrin.

Mais, pour l'instant, elle ne désirait qu'une chose,
la paix. Ensuite, elle reviendrait à la vie qu'elle avait,
de tout temps, choisie : le théâtre.

Le voyage vers Londres prit deux jours. Elle
raconta en quelques mots à son père l'attaque du
cavalier nocturne, et sa blessure. Elle le regretta aussitôt, tant elle le vit préoccupé et inquiet.

A la fin du voyage, Cecilia et son père se sentaient

plus proches l'un de l'autre qu'ils ne l'avaient jamais été. Ils se firent conduire directement chez Cecilia où elle eut la joie de trouver tout en ordre. Elle fut accueillie par son valet et la cuisinière réussit à préparer un excellent dîner très rapidement pour les deux voyageurs.

Son père resta avec elle durant la nuit puis repartit le lendemain rejoindre la tournée. Il était enchanté de son rôle de père dévoué. C'était la première fois qu'il le jouait depuis des années.

Il fit promettre à Cecilia de se reposer et de rendre quelques couleurs à ses joues. Puis la jeune femme fut laissée à ses soucis, ses inquiétudes et aussi à ses toutes nouvelles responsabilités de future mère.

Elle passa deux semaines à se reposer dans le calme mais redoutant chaque jour une arrivée tumultueuse de son mari. Elle ne se produisit pas.

De son côté, M. Brayton avait envisagé très sérieusement la rentrée de sa vedette et il lui proposa plusieurs projets dont une nouvelle comédie.

Cecilia la lut attentivement et se déclara enthousiaste. Ce ne serait pas un rôle trop épuisant et il lui donnerait l'occasion de porter des robes qui conviendraient à sa nouvelle silhouette. Elle commença donc à étudier le texte, marchant de long en large dans son salon, prononçant les mots à voix basse, réfléchissant à la façon dont elle interpréterait le rôle. Au moment où M. Brayton et la troupe regagnèrent définitivement Londres, en septembre, elle était tout à fait décidée.

Elle avait bien souvent pensé à Hugo, pendant tout ce temps. Il commençait à lui manquer terriblement, en dépit de leurs querelles et bien qu'il continuât à l'effrayer. Elle-même, avait eu des torts, qui, dans une certaine mesure, justifiaient les colères de Hugo. Avait-elle eu raison de le défier ?

Elle se demandait tous les jours ce qu'il pouvait penser. Etait-il seulement furieux ? Ou assez jaloux pour méditer une vengeance ? Ou bien, si malheureux,

si désemparé, qu'il ne savait plus quelle décision prendre, comment agir ?

L'idée de Hugo, malheureux, errant sans but à
Barrington, longeant les sentiers qu'ils avaient foulés
ensemble désespéré de son absence, lui faisait battre
le cœur, et l'emplissait de remords. Elle n'arrivait pas
à décider si elle lui parlerait de l'enfant ou si elle lui
cacherait cette naissance attendue.

Puis, elle se souvenait de l'incendie provoqué dans
sa chambre, du cavalier nocturne, braquant son arme
sur elle, des yeux sombres qui l'avaient menacée, et
elle pensait que l'amour que Hugo lui avait voué
s'était, peu à peu, transformé en haine.

Avec un grand soupir, elle reprenait son travail.
Et puis, elle devait penser à l'enfant. Elle l'attendait
à la mi-mars. Elle pourrait garder son rôle jusqu'à
Noël, puis s'éloigner de la scène pour attendre la
naissance. De nouveau, elle se posait la question.
Devait-elle prévenir Hugo ? Pourrait-il détester cet
enfant ? Pourtant, il avait toujours semblé désirer
avoir un héritier. Que tout cela était donc difficile à
démêler...

May Endicott revint avec la troupe et exprima
le désir de s'occuper de nouveau d'elle.

— Seulement, expliqua-t-elle, je me sens des responsabilités envers Jany. Elle est encore tellement
enfant, et si charmante ! Je ne sais que faire.

— Demandez-lui de venir habiter ici, proposa
Cecilia, impulsivement. Il y a une chambre d'amis
près de la mienne. Pensez-vous que ça lui plairait ?

— Bien sûr, chérie ! Elle vous adore. Elle a quitté
son appartement avant le départ pour la tournée. Oh !
Cecilia ! Vraiment vous l'invitez ? Elle est si remuante
et vous désirez sans doute la tranquillité, ajouta-t-elle
après un regard sur la taille un peu moins fine de
Cecilia. Vous attendez un bébé, n'est-ce pas ?

— Oui. Mais j'espère me faire faire quelques robes

qui me permettront de jouer encore un peu. Oh, May !
Je me demande si j'ai bien fait de quitter Hugo...

— C'est le temps qui le dira, chérie, répondit May,
déjà occupée à préparer l'avenir. Je pense que prendre
Jany ici est une très bonne idée. Je vais tâcher de
savoir discrètement ce qu'elle en pense. Quand attendez-vous le bébé ?

— Au milieu de mars.

Les deux femmes revinrent en bavardant gaiement.
Jany se montra à la fois enthousiaste et incrédule.

— Vous êtes sûre que Cecilia veut bien de moi ?
avait-elle demandé. Elle va me trouver trop bruyante ?
Non ? Alors je suis doublement ravie. Je vais faire des
économies !

May et Cecilia rirent avec elle de cette candeur et
lui apprirent la prochaine naissance attendue par Cecilia. Alors, la joie de la jeune comédienne fut à son
comble.

Monsieur Brayton pensait que la nouvelle pièce pourrait commencer au début octobre. A Noël, Cecilia se
retirerait discrètement et, après la naissance du bébé,
quand la jeune mère serait suffisamment reposée, on
monterait un autre spectacle.

Ainsi tout le monde s'installa dans l'habituelle rou-
tine. Mais lorsqu'elle était seule, le soir, Cecilia pleurait en songeant à Hugo et en regrettant qu'entre eux
jamais n'ait eu lieu une explication sincère, ou un
examen profond de leurs sentiments réciproques.

Ils appartenaient tous deux à des mondes fondamen-
talement étrangers ; le sien était celui de la société
aristocratique et de l'argent, celui de Cecilia, la bohème,
la misère parfois... Et ces profondes différences avaient
fait échouer leur union passée à la lisière du bonheur.

Bientôt, elle commença à s'occuper des vêtements
qu'elle porterait dans la nouvelle pièce. Plus de taille
serrée, plus de corsages ajustés. Il s'agissait de garder
le secret le plus longtemps possible.

— Pourquoi êtes-vous si songeuse, Cecilia ? demanda May, gentiment. La pièce s'annonce très bien.

— Je pensais simplement à mes robes.

— Ça ne se voit pas encore beaucoup, déclara May, toujours franche. Je pense cependant que vous devriez mettre Dominique dans la confidence. Il risque de vous serrer un peu trop dans la grande scène d'amour du deuxième acte.

Cecilia eut un petit sourire amusé. May était si pratique ! Elle prenait la vie comme elle était et non comme on la rêvait.

Peut-être fallait-il se conduire ainsi ? Traverser l'existence d'un pas aussi léger que possible, comme on monte un étalon ombrageux.

Quand Hugo serait de retour à Londres, elle prendrait un avocat et règlerait rapidement leur divorce. Elle désirait que toute l'affaire soit terminée avant que son état soit connu. Cet enfant, elle le voulait à elle seule !

Il lui fallait aussi se renseigner : Savoir si Hugo pouvait le réclamer et le lui enlever au nom de la loi ?

May la vit de nouveau froncer les sourcils et demanda :

— Qu'est-ce qui ne va pas ? Si vous avez un problème, Cecilia, il faut le regarder en face, mais pas toute seule. Voyez un avocat, ou demandez conseil à votre père ou à monsieur Brayton. N'oubliez pas que nous sommes tous avec vous !

Cecilia se jeta dans ses bras, les yeux pleins de larmes. Hugo lui manquait affreusement, elle l'aimait toujours en dépit de tout. A chaque instant, elle devait se défendre contre l'ardent désir de lui revenir. Mais alors, la vision de Diana couverte de sang lui faisait battre le cœur de terreur... Et, le cavalier de la nuit... Qui était-il ?

Toutes ces visions la faisaient trembler d'angoisse, de doute, de chagrin.

L'hiver promettait d'être froid. Et, pour Cecilia, bien solitaire.

Comment faire face... si Hugo se présentait ? En
fait, elle n'avait jamais eu le moindre signe de vie ni
de Hugo, ni d'Amanda, ni de personne de la maison.
Elle se demandait si lady Margaret avait dit d'une
voix acide : « Je vous avais bien prévenus ! Qu'attendre
d'autre d'une actrice ? »

Regrettait-elle d'avoir rompu leur union ? D'une
certaine façon, oui. De telles expériences sont toujours
douloureuses. Mais quand elle touchait sa taille et
pensait à l'enfant, elle était heureuse. Elle aurait *son*
enfant, l'enfant de leur amour. Et cela valait toute la
douleur et le pénible doute qui l'assaillaient en ce
moment.

**

Depuis qu'elle était rentrée à Londres, Amanda avait
pris l'habitude de sortir à cheval de bonne heure, avec
Tyson pour toute compagnie. Elle était heureuse et
soulagée de quitter un moment la maison.

Peggy réclamait sa tante Cecilia à tous les échos.
Et le fier Hugo, silencieux, hagard, n'avait jamais
cherché à ramener sa femme.

Un ami lui avait parlé des affiches collées en ville
annonçant le retour à la scène de Cecilia Trent. Tous
s'en étaient étonnés mais bien peu avaient osé mettre
la conversation sur ce sujet devant lui. Même l'impé-
tueux Laurence semblait déprimé.

Tout cela était affreux. Amanda était persuadée
que Cecilia adorait son frère et que celui-ci vénérait
tous les endroits où elle avait posé ses pas. Que s'était-il
passé entre eux ? Etait-ce la désobéissance de Cecilia ?
Hugo en avait-il été furieux au point de simuler une
attaque pour lui faire peur ? Non ! Cela ne lui ressemblait pas. Il était si attentif à la protéger... à les
protéger tous. Il suffisait de voir comment il était avec
Peggy ! Si bon ! Si tendre !

Mais, si Hugo n'avait pas attaqué lui-même la voiture, qui donc l'avait fait ? Qui était l'homme qui avait tiré sur elle. Ce n'était pas le comportement d'un voleur.

Bien que blessée, Cecilia avait quitté son lit, s'était habillée, et était partie immédiatement pour Londres, en n'emportant que ce qui lui appartenait avant son mariage. Avait-elle suspecté Hugo ?

Amanda continuait à réfléchir, sans résultat.

Ce jour-là, elle s'était attardée dans une allée fleurie. Le bruit des sabots de sa jument était doux sur le sable du chemin. Un peu endormant. Elle sursauta en entendant derrière elle une voix connue.

— Bonjour, Amanda !

Elle se sentit rougir et baissa la tête. Elle n'avait pas revu Gilbert depuis ce baiser qu'elle n'avait pu oublier.

Mais elle avait souvent rêvé de lui et cela n'était pas fait pour rendre la rencontre moins déconcertante.

— Oh ! Bonjour Gilbert ! dit-elle en rougissant davantage.

Elle se décida à le regarder. Il était vêtu de son costume de tweed habituel, confortable et... rustique !

Malgré ses mauvaises intentions à son égard, elle se surprit à se demander si elle était à son avantage.

Au même moment, Gilbert Dysart était en train de remarquer à quel point elle était jeune et jolie dans le matin frais et ensoleillé, vêtue d'une tenue de cheval de velours bleu, coiffée d'un chapeau du même bleu. Ses mains fines dans des gants épais tenaient sa jument avec aisance. Cependant ses yeux sombres étaient inquiets et ses paupières, cernées.

— J'ai entendu dire que vous étiez de retour à Londres, dit-il.

— Oui... Hugo...

Elle s'interrompit et se mordit la lèvre. Elle avait

tellement désiré avoir quelqu'un à qui se confier. Et Gilbert était enfin là, bon, solide, dévoué.

— Oh ! Gilbert ! Comme j'aimerais que nous puissions parler, dit-elle avec aussi peu d'artifice que Peggy, dans la même situation. Je suis si inquiète au sujet de Hugo. Le pauvre est dans un tel état... Vous savez pourquoi ?

Il hocha la tête, le regard attentif.

— Cecilia ne s'était pas confiée à vous ?

Amanda fit signe que non, les larmes aux yeux.

— Et pourtant, nous étions si proches l'une de l'autre, au début... Cet à la fin, elle n'était plus la même. Elle semblait se méfier de tout le monde. Je ne me doutais absolument pas de ses projets de départ.

Elle clignait des yeux pour refouler ses larmes.

— Y a-t-il un endroit où nous pourrions bavarder ? demanda Gilbert en regardant la file des voitures qui commençaient à envahir le parc. Pourquoi ne pas prendre le thé ensemble ?

Elle fronça les sourcils.

— Pas à la maison. Je risque à chaque instant d'être dérangée, Gilbert. Et je ne peux pas aller chez vous : je suis seule, comme vous voyez.

— Venez. Je connais un agréable restaurant près d'ici. Nous y prendrons notre petit déjeuner.

Tyson les suivait afin de s'occuper des chevaux quand ils s'arrêteraient.

La main sur son épaule, Gilbert guida Amanda à l'intérieur du restaurant. Elle se sentait déjà beaucoup mieux.

Gilbert s'assit en face d'elle et fit une commande qui fit sursauter Amanda quand on la leur présenta.

— Mais... Je ne pourrai jamais manger tout ça ! s'exclama-t-elle.

— Moi, si. J'ai très faim, dit-il avec un sourire. Maintenant, racontez-moi tout. J'ai été désolé d'apprendre ce qui arrivait à Hugo. Je suis rentré dès que je l'ai su.

Amanda commença son récit. Il l'écouta attentivement, intensément, son regard ne la quittant jamais.

— Je ne sais pas ce qui s'est passé, réellement, conclut-elle. Il régnait entre eux un climat étrange, alors qu'ils avaient partagé au début tant de rires et de mots d'amour. Imaginez que j'en étais arrivée à être un peu jalouse, Gilbert. Ils étaient si amoureux... Et je me sentais si solitaire...

Il y eut un long silence et ils se regardèrent timidement.

— Pensez-vous que je devrais aller voir Cecilia et lui demander de se confier à moi ? Peut-être pourrais-je l'aider ? Je l'aime tant ! Elle est comme une sœur pour moi.

Gilbert réfléchit un moment puis hocha la tête.

— Non. Ils doivent résoudre seuls leurs problèmes. Mais vous ne devez pas non plus vous couper complètement d'elle. Elle peut avoir quitté Hugo sur une impulsion qu'elle regrette. Elle n'était pas à l'aise chez vous. Lady Margaret ne lui rendait pas les choses faciles...

— Maintenant, je vais vous raccompagner, dit enfin Gilbert après ces longues confidences.

Il eut un petit sourire en coin et poursuivit :

— Amanda, je n'échangerais pas le moment que je viens de passer pour une audience royale ! Cette matinée a été merveilleuse. M'avez-vous pardonné, Amanda ?

C'était la première fois qu'il faisait allusion au baiser qu'il lui avait donné. Elle rougit brusquement, parut très occupée à remettre son chapeau. Elle y enfonça toutes ses boucles et ajusta le voile, très serré.

— Oh ! J'avais oublié...

Il la regarda gravement.

— Pas moi. C'est ce seul souvenir qui m'a aidé à passer l'été loin de vous. Après tout, continua-t-il avec un peu de malice dans le regard, je ne vois pas pourquoi je m'en excuserais.

En prononçant ces quelques mots, il n'avait pas

cessé de regarder la bouche d'Amanda. Elle se détourna et alla vers la porte d'un pas mal assuré. De nouveau la main solide et douce à la fois de Gilbert se posa sur son épaule en un geste très naturel. Ils se dirigèrent ainsi vers le patient Tyson. Et Gilbert l'escorta jusqu'à la demeure des Kinnaird. A mi-route, environ, il demanda :

— Amanda, me direz-vous maintenant ce que Laurence a bien pu vous raconter sur mon compte ?

— Oh ! Gilbert ! J'ai été si sotte d'écouter de tels ragots. Je vous en prie, ne me le demandez pas. Je me suis promis, depuis, de me fier plutôt à mon propre jugement.

— J'en suis heureux. Mais... Ce devait être quelque chose d'assez abject pour vous avoir mise dans un tel état...

— Oh ! Non ! Ce n'est rien. Je préfère oublier, mais...

— Donc, vous ne me le direz pas ?

— Non ! dit-elle plus fermement. Je sais que Hugo et vous êtes des amis de toujours. Et il ne donne pas son amitié à la légère. Je me souviendrai seulement de ça.

Au grand soulagement d'Amanda, il changea de sujet de conversation, et demanda si Hugo et elle avaient l'intention d'assister au bal que donnait sa tante le samedi suivant.

— Oh ! Je ne sais pas, Gilbert. J'aimerais bien venir, mais Hugo n'accepte aucune invitation en ce moment. Son valet m'a dit qu'il errait dans les rues, la nuit et ne dormait pas quand il se décidait à rentrer à la maison. Si seulement je pouvais l'aider...

— Vous le pouvez. Votre foi en lui et en Cecilia sera un très bel appui, dit-il d'une voix réconfortante, avec une certitude qui fit du bien à la pauvre Amanda. Il s'en sortira. Et, si vous avez besoin de mon assistance, envoyez-moi un mot. J'accourrai immédiatement. Je n'ai pas l'intention de quitter Londres avant longtemps.

— Oh ! J'en suis heureuse ! murmura-t-elle.

Quand ils furent arrivés, Amanda jeta un coup d'œil sur les voitures arrêtées devant la façade et soupira. Les attelages appartenaient aux vieilles amies de sa grand-mère, curieuses du sort de Cecilia.

— Je dois me changer, Gilbert. Je suis terriblement en retard. Oh ! Si vous étiez libre pour prendre le thé avec nous ?

— Si je peux venir en costume de cheval, j'y suis tout prêt, lui répondit-il en souriant, par-dessus sa tête, à Peggy qui venait de paraître dans le hall.

L'enfant vint se jeter dans ses bras et rectifia, comme une petite femme, son nœud de cravate.

— Oh ! Restez, s'il vous plaît ! dit l'enfant en l'embrassant. Nanny vous montrera où vous pouvez vous laver les mains.

Gilbert se mit à rire.

— Et je jouerai avec Peggy jusqu'à ce que vous soyez prête.

Amanda reçut son sourire malicieux et tendre, en rougissant.

Quand, un moment plus tard, Amanda sortit de sa chambre, elle trouva Gilbert sur le palier, sortant lui aussi d'une pièce voisine.

Il s'arrêta et la contempla, tandis qu'elle venait vers lui.

— Bravo ! Je vous retrouve comme je vous aime, Amanda. Jolie comme un cœur, jeune comme le printemps.

Il posa sa main sur les boucles noires qu'il caressa.

Elle devint écarlate et le devança, en route vers l'escalier. Il attrapa sa main au passage et la retint.

— Non, chérie, pas si vite. Vous risqueriez de glisser sur les marches. Votre grand-mère et ses amies en seraient choquées...

Elle rit de sa taquinerie. Il l'avait appelée chérie... tout naturellement... Elle se sentait soudain beaucoup mieux que le matin.

— Oh ! Je crois que j'aurais explosé si je n'avais pu vous parler comme je l'ai fait ce matin, dit-elle à voix basse, comme ils descendaient tranquillement l'escalier.

Les yeux de Gilbert lui sourirent malicieusement.

— Je n'aimerais pas du tout vous voir exploser, mon amour... dit-il légèrement. Chaque fois que vous éprouverez le besoin de vous confier, vous viendrez à moi. Promis ?

La main de Gilbert pressait la sienne, très fort. De quoi faire jaser les amies de lady Margaret si la porte du salon était ouverte.

— Promis, Gilbert. Et merci.

Elle fut surprise de voir à quel point le visage de Gilbert s'était illuminé. Il paraissait plus jeune que d'habitude. Après la mort de sa femme, il était devenu lugubre, cynique même. Maintenant, il était gai, et à l'aise avec elle et Peggy.

Au même instant, Gilbert songeait à leur rencontre du matin. Il était parti à cheval dans un esprit de profonde détresse ; il était prêt à retourner dans ses terres où il ne se serait pas senti plus seul qu'ici.

Et puis Amanda avait paru, et lui faisait de nouveau confiance. Et elle promettait d'aller à lui... Aller à lui...

Les yeux magnifiques d'Amanda avaient brillé pour lui de leur flamme du temps où elle était heureuse. Quel cadeau !

Assez sauvagement, il se promit d'aller un jour prochain demander des explications à Laurence. Il se sentait capable de lui serrer le cou jusqu'à ce qu'il l'ait fait avouer ses calomnies. Il n'avait aucune intention de vivre avec une mauvaise réputation, alors qu'il n'avait rien fait pour la mériter.

Au repas, qui fut long, ennuyeux et plein des racontars des vieilles amies de lady Margaret, Gilbert était assis près d'Amanda. Elle le regardait avec malice quand un potin était particulièrement stupide. Ils se comprenaient. Et Gilbert aurait supporté n'importe quoi du moment que la jeune femme était auprès de lui.

Il ne se lassait pas de la regarder, tout en songeant qu'il n'avait rien connu dans sa vie de plus doux, de plus chaud, de plus exaltant que ces lèvres qu'il avait osé baiser un jour de printemps.

Il se promettait de ne jamais la laisser s'éloigner de lui. C'était trop rare, dans une vie, de rencontrer un tel bonheur ! Il serait patient, éviterait de la brusquer mais il se jurait bien qu'elle serait un jour sa femme.

Hugo revint vers cinq heures. Il semblait fatigué, hagard, en costume de cheval et bottes. Il avait certainement chevauché durant de longues heures.

— Ah ! Gilbert vous voilà ! dit-il d'un air vague.

— Oui. J'ai pensé que nous ne nous étions pas vus depuis longtemps. Ma tante veut nous réunir samedi en huit.

» Pourquoi n'irions-nous pas nous installer dans votre bureau et boire un verre de brandy ? demanda Gilbert.

— Bonne idée, Gilbert. Amanda nous y enverra quelques sandwiches.

Cependant, il ne toucha pas à ceux-ci. Gilbert, du fond d'un confortable fauteuil l'étudiait attentivement. Hugo but, fuma deux cigares, marcha de long en large dans la pièce en parlant de la Bourse avec naturel. Pourtant, son regard était absent. Il ne parla pas de Cecilia et Gilbert n'osa pas aborder le sujet.

— Alors ? lui demanda Amanda quand elle rejoignit Gilbert dans le hall au moment de son départ.

— Trop tôt, chérie, reconnut Gilbert. Je ne puis m'y risquer maintenant. Je reviendrai le voir demain après-midi. Puis-je espérer vous retrouver dans le parc demain matin à la même heure ?

— Oh ! Je sortirai vers huit heures. Mais je ne pourrai rester longtemps. Nous aurons des invités dès onze heures.

— Je vous garderai aussi longtemps que possible, dit-il légèrement.

Il lui prit la main et la porta à ses lèvres.

— Au revoir, Amanda. Je suis bien heureux que nous soyons amis de nouveau.

— Moi aussi, murmura-t-elle.

CHAPITRE XII

Hugo continuait à déchiffrer les affiches annonçant le retour de Cecilia Trent à la scène. Il avait lu toutes les avant-premières de la comédie nouvelle. Parfois il trouvait dans la presse un entrefilet entouré d'un cercle au crayon rouge par Amanda. Souvent son regard triste le questionnait mais elle n'avait jamais osé le faire. Elle savait combien Cecilia lui manquait mais, certes, pas autant qu'à son frère.

Assailli par ses souvenirs, Hugo n'arrivait plus à trouver le sommeil. Il ne cessait de penser aux merveilleuses nuits de Venise où il restait éveillé pour le plaisir de contempler Cecilia endormie, de la caresser doucement ou de glisser une couverture sur elle pour qu'elle ne prenne pas froid...

Ces jours ne reviendraient-ils plus jamais ? Elle l'avait quitté, sans une vraie lettre : une simple note envoyée par un valet. Et elle était partie alors que, sa blessure n'était pas cicatrisée. Ils n'avaient même pas eu le temps de discuter de ce qui s'était exactement passé la nuit de l'attaque du malfaiteur !

Un soir qu'il errait dans les rues de Londres, il s'était arrêté devant une de ses affiches, fixant longuement son visage. Elle lui avait paru changée, le regard un peu triste, une maturité nouvelle sur ses traits et le sourire un peu mécanique.

Il s'était souvenu, alors, d'une situation semblable, une autre nuit, avant qu'il l'ait demandée en mariage. En ce temps-là, il avait connu le tourment, le doute à son sujet. Etait-elle légère et inconstante comme Diana ?

Non. Il savait qu'elle l'aimait. Elle l'avait prouvé.

Pourtant, le théâtre avait été le plus fort. Ils auraient dû en discuter calmement, avec bon sens. Il s'en rendait compte maintenant, mais il n'avait été que jalousie et égoïsme. Alors qu'il ne voulait qu'une chose, la garder pour lui seul, il n'avait réussi qu'à la perdre.

Avait-il mal agi la nuit de l'agression ? Tandis qu'elle souffrait moralement et physiquement, il lui avait caché son anxiété, l'avait seulement menacée d'une explication orageuse dès qu'elle se sentirait mieux.

Alors, elle s'était levée et s'était enfuie, encore bouleversée et malade... Et puis elle avait pris très vite cette grave décision de retourner au théâtre et de quitter définitivement Hugo. Et depuis ce moment, elle n'avait pas donné signe de vie, pas essayé d'entrer en contact avec lui de quelque façon que ce soit.

— Des violettes ? N'achèterez-vous pas mes violettes, mon bon monsieur ?

Cet appel plaintif le ramena à la réalité. Inconsciemment, ses pas l'avaient conduit dans le quartier des théâtres. Derrière le corps lourd de la vieille marchande, il voyait un grand portrait de Cecilia. Des violettes... Il lui avait bien souvent acheté des violettes...

Il s'apprêtait à écarter la vieille femme. Mais, soudain, quelque chose dans le visage ridé, dans la main tremblante qui lui présentait le bouquet, l'émut.

— Je prends tout, dit-il d'une voix rude, en mettant quelques guinées dans la main de la femme.

Des violettes ! Elles lui rappelleraient toujours Cecilia aux premiers temps de leur rencontre, quand il écoutait avec ravissement sa voix douce et bien timbrée, quand il scrutait ses yeux verts, cherchant à percer le secret qui se cachait derrière tant de grâce et de beauté.

Etait-ce seulement le théâtre qui la lui avait enlevée ? Ou y avait-il eu une raison plus terrible à cet inexplicable départ ? Car, il y avait un mystère qui le troublait, tandis qu'il arpentait les rues désertes, un mystère qu'il n'avait jusqu'ici pas chercher réellement à éclaircir.

Le soir de l'agression, quand il l'avait retrouvée, elle avait eu un mouvement de recul en le voyant. Il avait lu la peur sur son visage. La peur ! Et pourtant, elle avait du courage, de l'audace, de la volonté. Alors, pourquoi avait-il lu dans son regard une si réelle terreur ? Pourquoi ?

A mesure qu'il allait plus loin dans sa réflexion, d'autres idées lui venaient. L'enlèvement de Peggy et son sauvetage ? Ils n'en avaient jamais discuté vraiment, ni essayé réellement de savoir pourquoi un des anciens amis de sa femme avait attaqué l'enfant.

Le feu dans la chambre de Cecilia ? Son valet avait entendu des potins et avait fini par lui avouer que les femmes de chambre pensaient que l'incendie avait été volontaire.

Pourquoi Cecilia ne lui en avait-elle rien dit ?

Et l'attaque nocturne ? Il avait pensé que c'était un voleur, mais après en avoir discuté avec les autorités du village, il n'en était plus aussi certain... Il n'y avait pas eu d'affaires de ce genre dans la région depuis de nombreuses années, et, en outre le « voleur » avait tiré au pistolet sur Cecilia. Ce n'était pas la méthode employée habituellement par ce genre d'individus.

Hugo s'était arrêté net au milieu de la rue. Le cocher dit, plein d'espoir :

— Revenons-nous maintenant à la maison, monsieur ?

— Oui ! répondit-il, soudain conscient que ses jambes fatiguées ne le portaient plus qu'avec peine.

Il se laissa tomber sur les coussins, épuisé.

Il devait absolument parler à Cecilia. Il devait découvrir la cause de tous ces événements. Savoir pourquoi il lui faisait peur et depuis quand. Il devait la voir immédiatement !

Animé par cette résolution, il était impatient de voir arriver le jour. Connaissant ses habitudes, il décida de se rendre chez elle vers onze heures du matin et d'insister pour lui parler. Ils s'expliqueraient dans le calme.

Quand il eut établi son plan, il s'endormit et passa l'une de ces nuits paisibles devenues si rares depuis le départ de Cecilia.

Le lendemain matin, il prit un copieux petit déjeuner car, il avait faim !

Ensuite, il s'habilla avec soin, se répétant qu'il devait rester calme. Il avait commandé la voiture pour onze heures. A l'entrée de la rue étroite qu'il avait si souvent parcourue quand il lui faisait la cour, il abandonna voiture et cocher.

Le visage du valet qui lui ouvrit était stupéfait.

— Je dois la voir et lui parler, dit Hugo, sèchement mais poliment, en repoussant légèrement l'homme avant de lui tendre son chapeau et ses gants. Est-elle dans le salon ?

— Oui, monsieur, mais vous ne pouvez pas la voir. Elle a donné des ordres...

— Je sais, mais ce que j'ai à lui dire est urgent.

Le valet soupira et alla l'annoncer. Hugo le suivit, et eut une vision ravissante.

Cecilia reposait sur le divan, les pieds chaussés de mules de satin. Elle portait une robe de chambre beige avec des rubans verts, et un ruban de même couleur dans ses cheveux. Sur une chaise, près d'elle, une jeune fille blonde lisait attentivement un journal, en buvant son café. May Endicott présidait, derrière un plateau d'argent. Elle avait les yeux fixés sur l'assiette de gâteaux, comme si elle se demandait lequel elle allait choisir.

— Bonjour, dit Hugo avant que le domestique eut fini de prononcer son nom.

Cecilia se leva vivement et serra sa robe contre elle dans un curieux geste de défense. May Endicott ouvrit la bouche et la jeune fille le regardait avec des yeux ronds.

Hugo avança doucement, prit la main de Cecilia dans la sienne. C'était la première fois qu'il la touchait depuis plus d'un mois, songeait-il. Il porta cette main à ses lèvres, la sentit trembler et la reposa gentiment.

— Je dois vous parler, Cecilia, dit-il aussi calmement qu'il le put, malgré son émotion.

Elle regarda May. Celle-ci se leva.

— Je serai dans la cuisine. J'ai à parler à la cuisinière. Vous pourrez sonner si vous avez besoin de quelque chose.

Jany Fields lui fut présentée puis elle se leva, à son tour et suivit May.

— Voulez-vous vous asseoir, Hugo, et prendre un peu de café ?

— Non, merci.

Puis il regretta de ne pas avoir accepté, car il se sentait extrêmement nerveux. Il s'assit près d'elle, de façon à bien voir son visage.

Les joues de Cecilia avaient perdu leurs couleurs. Elle semblait fatiguée. Il souffrit à la pensée qu'elle avait sans doute été malade après son départ.

— Etes-vous tout à fait remise de vos blessures ? demanda-t-il.

— Oh, oui ! Tout à fait. Merci, Hugo.

De nouveau elle eut ce geste curieux de ramener sa robe de chambre contre elle, la retenant de ses bras sur la poitrine.

— A-t-on trouvé l'homme qui nous a attaqués ?

— Je ne le crois pas. En tout cas, il n'avait pas été trouvé quand j'ai quitté Barrington Court. Nous avons été très inquiets quand vous êtes partie, Cecilia.

Il détourna les yeux et regardait sans le voir le paravent doré qui occupait un angle de la pièce. Devant, était posée une petite table, très semblable à celle qu'elle avait placée dans le salon des jades. Cecilia releva brusquement la tête.

— Je... Je regrette. Je devais partir. Il fallait que je revienne au théâtre. Vous avez entendu parler de la pièce qui se joue actuellement ?

— Oui. C'est dans tous les journaux ; sans parler

des affiches. Pourquoi avez-vous fait cela, Cecilia ?
s'écria-t-il, incapable de cacher son chagrin derrière
une façade d'impassibilité. Je vous aurais laissée revenir à la scène si vous en aviez tellement envie. Pourquoi n'en avons-nous pas discuté comme des gens
civilisés ?

— Je... j'étais certaine que vous ne m'écouteriez
pas, Hugo.

Elle avait baissé la tête. Quand il voulut rencontrer
son regard, elle détourna les yeux. Ses doigts étaient
nerveusement agrippés aux rebords de sa robe de
chambre.

— Je sais, je sais, dit-il plus calmement. Je regrette,
nous n'avons jamais beaucoup parlé. Nous aurions dû
nous confier l'un à l'autre davantage, et essayer de
nous comprendre. J'étais trop possessif.

Il la vit tressaillir. Son attention redoubla. L'avait-
il tellement fait souffrir avec sa sotte jalousie, cet
égoïsme ?

— Je pensais que nous pourrions parler maintenant,
dit-il, comme elle restait silencieuse. Cecilia, je voudrais tant que vous me reveniez... Vous me manquez
tellement ! Vous êtes... vous êtes ma femme. Je vous
aime, vous le savez.

— Avez-vous été réellement fâché quand je suis
partie ?

— Très fâché. Surtout, très malheureux, dit-il à
voix basse. Que vous m'ayez quitté, alors que vous
étiez faible, blessée, que vous l'ayez fait sans que nous
puissions même nous en expliquer, sans que je sache
pourquoi vous m'aviez retiré votre confiance, que vous
soyez partie avec vos secrets... Tout cela m'a été très
douloureux. Beaucoup plus que je ne saurais le dire...

Cecilia mit sa main devant sa bouche dans un
geste de détresse, mais il ne put capter son regard.

— Cecilia, ne pourrions-nous en parler maintenant ?

Il y avait un appel pathétique dans sa voix.

— Chérie, il n'est pas trop tard, si nous nous faisons

enfin confiance, si nous savons nous expliquer franchement.

— Je ne peux pas, Hugo. C'est... trop tard.

— Non, il n'est pas trop tard. Sauf si vous avez donné votre amour à quelqu'un d'autre. Est-ce possible ? Aimez-vous un autre homme, Cecilia ?

— Oh non, Hugo ! Ce n'est pas cela. Vous devez me croire, dit-elle très vite, nerveusement. Il n'y a personne d'autre. Je... je regrettais seulement trop le théâtre.

Il sentait qu'elle mentait. Un grand froid l'envahit. Distraitement il passa sa main dans ses cheveux. Il ne savait plus que dire. Elle ne voulait pas lui faire confiance. Il y avait une barrière entre eux. Ils ne pouvaient parler franchement, puisqu'elle éludait les questions. Que pouvait-il donc y avoir ?

Dire qu'il avait pensé que leur amour durerait toute une vie ! Il avait l'impression d'être en face de Diana, Diana qui, un an à peine après leur mariage, le trahissait déjà...

— Qui est cet homme ? demanda-t-il, avec dignité.

— Il n'y en a pas, Hugo. Personne !

— Ne mentez pas, je vous en prie.

— Hugo ! Je n'aime personne d'autre. Pourquoi ne me croyez-vous pas ?

Elle s'était dressée, un de ses pieds nus cherchant sa mule à l'aveuglette. Il quitta sa chaise, s'agenouilla, trouva la pantoufle et la glissa doucement à son pied. Il resta ainsi, la tête penchée, fixant le pied mince qui tremblait sous sa main.

— Oh ! Cecilia ! dit-il d'une voix rauque. Et il pressa ses lèvres sur le dessus du pied nu.

Le tremblement de Cecilia redoubla.

— Si vous désirez absolument jouer de nouveau, je vous le permettrai, assura-t-il avant d'avoir le temps de regretter sa promesse.

Il lui accordait maintenant ce qu'il n'avait jamais désiré lui donner. Elle savait combien cela lui coûtait.

— Je ne peux pas revenir en arrière, dit-elle d'une voix lasse. C'est impossible ?

— Vous ne... m'aimez donc plus ? demanda-t-il, en levant enfin les yeux sur elle.

Ces yeux étaient sombres. Deux immenses lacs de tristesse. Elle se taisait, le regardant, prostré à ses pieds. Et ses bras, protégeaient le devant de son corps, comme si elle avait froid.

— Qu'y a-t-il, Cecilia ? J'ai senti que quelque chose avait changé subitement entre nous durant ces derniers temps. Avez-vous... avez-vous peur de moi ?

Comme il disait ces mots, il y eut dans le regard de Cecilia une lueur très révélatrice. Et il sut que c'était vrai ! Elle avait peur de lui !

Il se releva lentement, se pencha vers elle. Et sa réaction, de nouveau, fut indiscutable. Elle s'éloigna de lui, se laissa tomber sur les coussins du sofa, ses longs cils cachant son regard.

— Vous avez peur de moi ? répéta-t-il, encore incrédule. Mais pourquoi ? Que vous ai-je fait ? Du mal ? Oh ! Cecilia, que vous ai-je donc fait ?

Elle pressait sa main sur sa bouche. Une main tremblante. Ses boucles avaient échappé au ruban, et glissé sur son cou.

Mais elle évitait même de le regarder. Il crut qu'il allait se trouver mal, s'évanouir, là, devant elle.

— Moi ?... vous effrayer ainsi... ? Cela rend, c'est vrai, tout impossible entre nous, désormais.

Il quitta la pièce, le cœur brisé.

Le valet lui tendit sa canne, son chapeau et ses gants. Il les prit machinalement et passa la porte. Derrière lui, il entendit un bruit déchirant de sanglots. Mais il ne pouvait revenir sur ses pas.

Il l'aimait, il l'adorait, et elle ne lui faisait plus confiance. Elle l'avait quitté non pas pour revenir simplement à son bien-aimé théâtre, mais parce qu'il l'effrayait atrocement. Elle pensait qu'il lui voulait du mal...

**
*

C'était un soir de première pour Cecilia. Son trac était terrible, et elle se demandait si elle se souviendrait un seul mot de son texte. Et, pire que tout, il n'y avait aucun message de Hugo.

Cependant, les rappels, les applaudissements, furent réconfortants. Mais, comme elle saluait, souriante, les bras chargés de roses, ses yeux scrutaient la salle. En vain, Hugo n'était pas là.

En revanche, elle reconnut Laurence et Nicky, qui applaudissaient à tout rompre. Elle leur fit un discret signe de la main et un sourire.

Son père vint la rejoindre dans sa loge pour la féliciter.

— Chérie. Tu as été meilleure que jamais ! Comment te sens-tu ? Les premières sont toujours épuisantes.

— C'est vrai, père. Mais je vais aller dormir.

Tout au moins, elle espérait trouver un peu de sommeil.

May entra en coup de vent et l'aida à se changer. Son père l'embrassa légèrement et la quitta, alors que M. Brayton entrait à son tour, un sourire approbateur sur les lèvres.

— N'était-ce pas trop fatigant, ma chère ? demanda-t-il.

Elle hocha la tête et plaça sa main ouverte sur son estomac. Son état commençait à être visible, pensait-elle, et tout Londres serait au courant à la fin de la saison.

Elle avait espéré voir Hugo à cette première. N'avait-il pas dit qu'ils devraient avoir tous deux une discussion ? Au lieu de cela, elle n'avait reçu aucune nouvelle.

Elle se sentait si triste et si seule... L'avait-elle mal jugé ? L'aimait-il profondément, vraiment et désirait-il qu'elle n'appartînt qu'à lui ?

Sa tête entre les mains, elle se sentait incapable

d'accomplir les gestes habituels : se démaquiller, se brosser les cheveux, se changer. Monsieur Brayton fit sortir de la loge tous les jeunes gens qui s'y étaient faufilés. Cecilia avait besoin de se détendre, de se reposer.

Elle finit néanmoins de se démaquiller, enfila une robe de ville sobre. On frappa à la porte. Laurence apparut, souriant, un bouquet de roses à la main.

— Bonsoir. J'ai eu du mal à persuader vos gardes du corps de me laisser entrer pour une minute. Cecilia, il fallait que je vous dise combien je vous ai trouvée adorable.

— Entrez, Laurence.

Elle vint vers lui, accepta ses fleurs et un baiser sur la joue. C'était le cousin de Hugo, et, à cause de cela, elle était heureuse de le recevoir.

— Comment allez-vous ? demanda-t-elle. Comment vont-ils tous ?

— Vous auriez pu venir vous en rendre compte vous-même, répondit-il avec un regard sévère.

Puis il s'adoucit.

— Ne vous faites pas de reproches, Cecilia. Vous aviez vos raisons... Et vous étiez réellement charmante, ce soir. Félicitations.

— Merci, Laurence.

Elle porta les roses à ses lèvres pour en masquer le tremblement.

— Je ferais mieux d'aller aider Jany, dit May avec quelque brusquerie. Cette enfant risque de passer la nuit à bavarder avec ses amis au lieu d'aller se reposer. Et demain... Attendez-moi ici, Cecilia, si vous voulez bien ?

Cecilia faisait pitié, le visage las, les épaules tombantes.

— Laissez-moi vous ramener, dit Laurence, vivement. Ma voiture est là. Vous êtes d'accord, madame Endicott ?

May hésita :

— Mais, monsieur, je n'en ai pas pour longtemps. Qu'en dites-vous, chérie ?

— Je pense que nous allons partir maintenant, May. Vous trouverez du café prêt quand vous arriverez.

— Bien, dans ce cas...

May sortit rapidement, un paquet de vêtements sur le bras.

Laurence s'approcha de Cecilia au moment où elle cherchait distraitement sa montre sur la coiffeuse.

— Pour quand attendez-vous l'enfant ? demanda-t-il, d'une voix douce et gentille.

Elle sursauta violemment.

— Oh ! Laurence ! Pour le milieu de mars. C'est déjà si visible ?

— Non. Pas pour quelqu'un qui ne vous connaît pas parfaitement. Je n'en étais pas certain jusqu'à ce que je vous ai vue de près. Vous avez toujours été si mince... Hugo est-il au courant ?

Elle fit un geste de dénégation et les larmes lui vinrent aux yeux. Il la prit dans ses bras.

— Pauvre Cecilia ! Il est si follement jaloux ! Vous en avez été réduite à le fuir, n'est-ce pas ?

Elle fit un effort pour retenir ses larmes, mais la fatigue et le chagrin la submergeaient.

— Laurence ! c'est affreux. Je l'aime toujours...

— Allons ! dit-il. Voici votre manteau. Séchez vos yeux et faites-moi un sourire. Nous emportons vos fleurs ?

Il les lui mit dans les bras, et ils se hâtèrent vers la voiture de Laurence.

— Quel progrès ! dit-elle en souriant. Vous avez amélioré votre train de vie depuis mon départ ?

— Pourquoi pas ? répondit-il très calmement.

Il semblait vexé. Elle se souvint alors à quel point il était susceptible quand il s'agissait de son manque de fortune personnelle. Appuyant sa tête fatiguée aux coussins, elle ferma les yeux. Elle était si lasse ! Depuis la visite de Hugo, elle avait bien peu dormi. De nouveau, elle s'étonna de ne pas l'avoir vu ce soir.

— Avez-vous aperçu Hugo parmi le public, ce soir ? demanda-t-elle. Je pensais qu'il serait là.

— Non. Il n'est pas venu.

La réplique de Laurence avait été sèche.

Ils roulèrent longtemps sur les pavés. Avaient-ils fait un détour pour éviter la foule qui sortait à la même heure, de tous les théâtres environnants ? Pourtant, la voiture était fermée, personne ne risquait de la reconnaître et de l'arrêter.

Elle se souvenait de la nuit où elle avait rencontré Hugo pour la première fois, les jeunes gens avaient dételé le cheval et pris sa place entre les brancards, tandis que d'autres lui lançaient des fleurs. Combien tout était différent, ce soir...

Si Hugo venait la voir de nouveau, elle s'efforcerait d'être calme et, de lui parler franchement. Elle lui avouerait ses frayeurs et elle était certaine qu'il la rassurerait. Et ils pourraient alors recommencer à parler de leur avenir.

Quand l'enfant naîtrait, il ne pourrait être qu'une source de joie et d'orgueil. Elle ne pouvait croire qu'Hugo en serait jaloux. Elle se souvenait du jour où il avait proclamé devant toute la famille qu'il désirait un héritier.

Soudain, elle ouvrit les yeux. Il y avait bien longtemps qu'ils étaient en route.

— Mais où sommes-nous, Laurence ?

Elle se pencha à la fenêtre, essaya de percer l'obscurité, surprise de ne voir aucune lumière. Ils semblaient se trouver en dehors de la ville.

— Laurence, où m'emmenez-vous ?

— Dans un endroit tranquille où nous pourrons parler sans être dérangés, dit-il sur un ton monotone qui l'inquiéta.

Elle se tourna vers lui, mais ne put apercevoir son visage dans l'obscurité. Elle se sentait mal à l'aise. Il avait assuré à May qu'il la ramenait directement chez elle. Au lieu de cela...

— Laurence, je veux rentrer chez moi. Ramenez-moi tout de suite. Je suis fatiguée. Donnez immédiatement des ordres au cocher.

Il ne tint aucun compte de sa demande.

— Non, Cecilia. J'ai loué une petite maison de campagne, et nous nous y rendons. Je vous dirai pourquoi, le moment venu.

Elle essaya de rire, mal à l'aise.

— Laurence, vous êtes fou !

Il lui agrippa le poignet.

— Non ! Je ne suis pas fou ! Non ! Et vous ne me le ferez jamais croire ! Elle le disait aussi. Mais ce n'était pas vrai. Pas vrai, entendez-vous ? C'est Hugo qui l'est. Je le lui ai dit.

— Vous l'avez dit à qui ? demanda-t-elle, grimaçant sous la dure prise de son poignet.

— Diana. Je l'ai dit à Diana. Cette folle ! Elle allait tout révéler !

La peur faisait frissonner Cecilia des pieds à la tête. C'était donc Laurence ! Oh ! Dieu ! pensa-t-elle, remettant rapidement en place les pièces manquantes du puzzle. Laurence était fou. Et elle avait pensé que c'était Hugo. Laurence avait séduit Diana...

— Avez-vous eu une aventure avec elle, Laurence ?

— Taisez-vous, actrice de bas étage ! Je n'aurais jamais cru qu'il déshonorerait la famille en vous épousant !

Elle s'enfonça dans un coin de la voiture, la main sur son visage. Il resserra son étreinte sur son poignet. Il était fou, mais il était également rusé. Pourvu que May s'inquiète vite ? Qu'allait-il arriver ?

Elle devait garder son sang-froid, et ne pas commettre d'erreur. Et réfléchir plus rapidement qu'elle ne l'avait jamais fait de sa vie !

Laurence avait probablement tué Diana après l'avoir séduite. Elle savait qu'il était jaloux de Hugo. Il y avait entre eux le problème de l'argent. Laurence était pauvre et Hugo, tellement riche !

Elle commença à se souvenir d'autres choses. Cette stupide querelle entre Nicky et Hugo ? Laurence n'avait pas essayé de l'arrêter avant qu'elle-même ne s'en mêlât. Et Peggy ? Son enlèvement ? Non... Ce n'était pas possible...

La voiture s'arrêta brusquement. Laurence tira Cecilia hors du véhicule, sans s'inquiéter que son manteau traînât dans la poussière. Il ordonna sèchement au cocher :

— Allez me chercher Mortimer et les autres. Qu'ils viennent immédiatement.

— Mais, Monsieur, il est tard...

— Allez, vous dis-je. Sinon vous aurez des ennuis.

Laurence entraîna Cecilia à l'entrée d'un pavillon de chasse. Il ouvrit la porte et la poussa à l'intérieur, en direction d'un divan. Elle frissonnait de peur. Elle n'avait aperçu aucune autre habitation dans le voisinage, pas une lumière aux alentours. L'obscurité, l'heure tardive et le silence de la campagne lui enlevaient tout espoir d'un secours quelconque...

Laurence alluma une lampe et la flamme vacillante les éclaira. Elle vit dans son visage luisant de sueur briller ses yeux d'une étrange lueur. Où avait-elle vu un tel regard ?

Elle se souvint. C'était à l'asile de Bedlam.

Il se pencha sur la table et saisit un couteau de chasse. L'arme était longue, acérée, menaçante. Cecilia s'enfonça dans les coussins, les poings serrés.

— Je ne comprends rien à tout ça, Laurence, dit-elle doucement. J'aimerais que vous m'expliquiez. Je suis très curieuse. Peut-être ne le savez-vous pas ? ajouta-t-elle, arrivant à sourire par un terrible effort de volonté.

Il haussa les épaules mais se tint à distance, caressant distraitement l'acier du couteau.

— C'est très simple, dit-il. Je suis arrivé au but.

— Je ne comprends toujours pas, Laurence. Quel but ?

Comme il ne répondait pas, elle ajouta :

— Vous sembliez avoir de l'affection pour moi, au début. Vous étiez toujours si gai, si charmant...

— Je pensais que Hugo aurait avec vous une simple aventure. Mais, même ainsi, vous étiez un danger, il était trop amoureux de vous, déclara-t-il froidement, en vérifiant le tranchant du couteau. C'est pourquoi, j'ai organisé une première attaque avec l'aide de bandits qui espéraient une bonne récolte de bijoux !

» Je pensais que cela vous ferait peur. Et, en effet, vous avez été effrayée, mais pas suffisamment pour vous écarter du chemin de Hugo. S'ils vous avaient tuée, j'aurais été tranquille !

Maintenant, malgré toute sa volonté, Cecilia ne pouvait réprimer le tremblement qui la parcourait des pieds à la tête. Elle serra davantage encore son manteau autour d'elle. Déjà à ce moment, il pensait à la tuer. Oui... Il était fou, réellement fou !

Il avait déjà tué, il tuerait encore... Et s'en tirerait. Qui pourrait le suspecter ?

— Laurence, vous étiez bien déterminé à ce que Hugo ne se remarie pas, n'est-il pas vrai ?

— Oui, bien sûr, répondit-il d'un air absent.

— Vous avez donc l'intention de le tuer bientôt ?

— Oui. Et j'y parviendrai, confirma-t-il, toujours avec le même air distrait. Il pense qu'il peut me contenter en me distribuant quelque aumône de temps à autre. Mais j'ai des goûts très coûteux. Il me faut tout.

Elle le faisait parler, répondait d'un ton léger. Elle n'avait jamais joué la comédie comme ce soir. Elle devait le désarmer, le tromper, juste comme elle avait fait avec la vieille Polly. Si Mortimer arrivait, elle pourrait peut-être lui faire entendre raison.

— Que voulez-vous dire par « tout » ? Ce sont les biens de Hugo que vous convoitez, alors ? Oui, ce doit être dur pour vous d'être toujours à court d'argent.

— Dur ? C'est humiliant, voulez-vous dire ! Et il est heureux de m'humilier, de me jeter mes dettes à la figure. Il ne voulait plus payer mes pertes de jeu. Et comment pourrais-je me marier, pauvre comme je suis ! Comment pourrais-je trouver une riche héritière ? C'est pareil pour Nicky !

Consternée, Cecilia commençait à mesurer l'étendue de la folie de Laurence. Il en voulait à la famille entière, même à son propre frère.

— Mais, vous avez toujours bien aimé Amanda ? glissa-t-elle, pensant que ce nom adoucirait Laurence.

— Amanda ? Cette petite idiote qui a profité d'une de mes absences pour épouser James ? Si j'avais pu le prévoir, je l'aurais évidemment devancé... Et elle a eu un enfant. Cela a rendu la chose encore plus difficile ! Maintenant, j'aurai barre sur tout le monde : Amanda et l'enfant, Hugo et Nicky. Quant à lady Margaret, inutile de s'en occuper. Elle ne tardera pas à disparaître... naturellement.

Tandis qu'il parlait, il allait et venait dans la pièce, le regard brillant. La lampe jetait de temps à autre un éclair sur la lame du couteau qu'il tenait toujours à la main. Il faisait froid dans le pavillon, mais il ne pensait pas à allumer le feu préparé dans la cheminée.

Cecilia regardait craintivement autour d'elle, cherchant une arme. Au-dessus du manteau de la grande cheminée, elle aperçut alors deux épées croisées.

A ce moment, ils entendirent tous deux le galop d'un cheval. Laurence se tut brusquement et sortit un pistolet de sa poche. Il le chargea rapidement après avoir fait disparaître le couteau. Il était à la porte quand on frappa très fort.

Laurence ouvrit à la volée et les deux hommes se regardèrent.

La voix profonde de Hugo se fit entendre.

— Puis-je entrer ?

Laurence fit un pas en arrière et grimaça un sourire.

— Entrez.

Hugo alla droit sur Cecilia.

— Chérie ! dit-il.

Et il la prit dans ses bras, paralysée par la peur.

— Comment avez-vous su...?

— J'étais au théâtre. J'hésitais à venir à vous. Quand je me suis décidé, vous étiez partie. Avec Laurence, m'a dit May. J'ai pris un cheval et je suis venu ici. Tout droit.

— Et vous n'avez parlé de ce projet à personne ? demanda Laurence, debout au-dessus d'eux.

Hugo tourna lentement la tête vers lui.

— Non. Pourquoi l'aurais-je fait ? Mais je savais que vous aviez loué cette maison, et aviez de mauvaises intentions vis-à-vis de Cecilia. Aussi vous ai-je rejoint pour vous persuader de la laisser en paix.

Laurence éclata de rire.

— Ainsi, vous êtes bel et bien tombé dans le piège. Pauvres petites mouches que vous êtes, tous deux. L'araignée va disposer de vous et personne ne le saura. Je raconterai qu'alors que je ramenai Cecilia chez elle, vous nous avez rejoints et, saisi d'une rage jalouse, vous vous êtes emparé de la voiture et vous êtes enfui avec elle. Quand on retrouvera vos corps dans un champ à quelque distance de là, personne ne songera à me mêler à cette terrible tragédie.

— Ainsi, vous voulez nous tuer ? dit Hugo d'un ton parfaitement calme. Comme vous avez tué Diana, n'est-ce pas ?

— Tout à fait exact, mon cher Hugo.

Et, se penchant au-dessus de la table, il ricana, ses yeux brillants d'une lueur de folie.

— Mais, aussi, quelle petite sotte ! Si facile à convaincre que vous la trompiez avec d'autres femmes. Et mûre pour tomber dans mes bras. Vous qui pensiez qu'elle avait un amant italien...

Il lança la tête en arrière pour rire plus aisément. Mais quand Hugo fit un mouvement pour tenter de le neutraliser, le pistolet fut braqué sur lui à la même seconde.

— Non, vous n'avez aucune chance, mon pauvre Hugo. Je vais vous tuer et ensuite, m'offrir un moment de plaisir avec Cecilia. Elle aussi attend un enfant. Ce sera comme avec Diana.

Cecilia sentit son mari se raidir. Ce fut sa seule réaction. Elle admira son équilibre, sa force. Elle-même se demandait si elle allait pouvoir se contenir longtemps encore. Elle avait envie de hurler. Mais elle ne le fit pas. Cela aurait pu déclencher les violences de Laurence. Pour l'instant, il s'était arrêté au souvenir de Diana.

— Oui, c'était moi, répéta-t-il fièrement. Elle m'était très dévouée. Aussi, quand vous avez découvert qu'elle vous trompait, vous a-t-elle fait croire que c'était avec un Italien.

Maintenant, c'était à Cecilia qu'il s'adressait, comme si Hugo n'avait pas été présent.

— Quand ils sont rentrés d'Italie, j'avais pris ma résolution. Vous souvenez-vous, Hugo de tout ce que nous avions entendu raconter au sujet des vendettas en Italie ?

— Je m'en souviens, dit Hugo.

Son bras entourait fermement la taille de Cecilia.

— J'ai pensé alors que c'était justement ce que j'allais faire : une vendetta. Quand je suis revenu à Londres, Diana et moi nous avons pris l'habitude de nous retrouver dans le salon des jades. A cette époque, elle attendait un enfant.

— Et... cela ne vous plaisait pas ? demanda Hugo. Pourtant, vous auriez pu revendiquer la paternité. De toute façon, il aurait hérité à ma mort.

— J'y ai pensé, mais c'était trop long, dit cyniquement Laurence. J'avais des dettes criantes et Diana ne voulait pas m'aider. Elle me menaça de tout vous révéler, si je ne l'épousais pas. Quelle idée ! Nous nous sommes violemment disputés cette nuit-là, tandis que les autres étaient au théâtre. Elle s'est jetée sur moi, furieuse, et a essayé de me poignarder. Je lui ai pris le couteau des mains et je l'ai frappée, presque sans le faire exprès. Et puis, je suis parti.

Cecilia tremblait de tout son corps en entendant la sordide histoire. Hugo la calma de la main, du regard. Elle comprenait qu'il faisait parler son cousin, comme elle-même l'avait fait, pour gagner du temps. Mais elle devait aussi le mettre en garde. Alors, elle prit la parole à son tour.

— Ce Pierce Mortimer, l'acteur qui va venir avec deux autres hommes, vous l'aviez payé pour enlever Peggy ?

— Non. Je l'ai payé pour la tuer. Mais cet imbécile à eu peur. Je lui avais promis de venir le faire moi-même, mais je suis arrivé trop tard chez la vieille, la petite avait déjà été délivrée ! Oh ! L'incompétence de ces gens...

— Et l'accident de chasse de James ? Je m'étais déjà demandé...

— L'enquête n'a rien donné. Aussi ai-je pu recommencer avec la petite Irène. Cette petite sotte qui ne voulait même pas me laisser l'embrasser dans le jardin...

— Aussi vous avez décidé de la tuer, avant même notre mariage ? dit Hugo, la voix lourde de chagrin. Pauvre enfant ! Mourir parce qu'elle devait m'épouser...

— Comme votre petite Cecilia, mon cher ! Je n'aurais pas eu à tuer cette sotte si elle s'était contentée de... Je déteste tuer une jolie femme.

— Pourquoi nous détestez-vous tous à ce point ? Laurence haussa les épaules.

— Oh ! Votre condescendance ! Votre orgueil ! Et la façon que vous avez de me donner l'argent au compte-goutte.

— J'ai été généreux avec vous, Laurence. Sauf quand vos dettes de jeu ont été excessives. J'ai compris alors que, si je vous donnais de très grosses sommes, vous les dilapideriez aussi vite et rien ne serait résolu. Voilà pourquoi je vous fais une pension trimestrielle.

— Vous avez toujours pensé que vous pourriez régenter tout le monde, Hugo. Mais vous ne pouviez réussir avec moi. En fait, c'est moi qui vous ai dominé un moment, quand je vous ai emmené dans les endroits les plus ignobles et que vous m'y suiviez, jouant gros jeu, buvant trop. Si cela avait pu durer, je vous aurais mis à genoux. Mais vous n'étiez pas fait pour ce genre de vie. Aussi ai-je détesté Cecilia pour vous avoir tiré de cette boue. Vous avez peur, Cecilia ? ajouta-t-il en la voyant trembler dans les bras de Hugo. Vous avez raison, car je couperai votre joli cou !

La jeune femme tourna la tête pour se nicher dans l'épaule de Hugo, se serrer contre lui davantage encore. Si elle devait mourir, ce serait dans ses bras et non dans ceux de ce dangereux maniaque.

Alors, elle se mit à prier tout bas, demandant le courage et la force de le repousser, de combattre pour donner à Hugo une chance de les sauver tous les deux.

Seigneur ! Si seulement, ils pouvaient vivre, pour réparer leurs fautes, et trouver une seconde chance de bonheur...

CHAPITRE XIII

Hugo serrait Cecilia dans ses bras avec une force désespérée ; il la sentait trembler contre lui. Les douces courbes de son corps lui rappelaient qu'elle attendait un enfant.

Il se reprochait de ne pas avoir été plus lucide. Depuis sa conversation avec Cecilia, chez elle, il s'était interrogé sur les raisons qu'elle avait de le craindre. Les réponses possibles étaient toutes valables. Sur une intuition, il avait fait suivre Laurence et Nicky. Il apprit ainsi que son cousin était de nouveau endetté très fortement, et que, malgré cela, il avait loué un pavillon de chasse hors de Londres.

Son valet avait reçu l'ordre de louer une voiture élégante, et fermée. L'inquiétude de Hugo avait alors grandi.

Il avait évoqué l'époque de son mariage avec Diana, calculé les moments où ses cousins avaient, alors, été présents. Et conclu finalement que quelqu'un, proche de lui, avait organisé le meurtre de Diana, de James, d'Irène, l'enlèvement de Peggy, l'incendie de la chambre de Cecilia, et l'attaque nocturne dont elle avait été l'objet. Tous ces événements tragiques, survenus dans un laps de temps aussi court, n'avaient pu être le fruit d'une simple coïncidence.

Hugo ne croyait pas à la fatalité. Or, la malchance s'était acharnée sur lui avec régularité. Maintenant, il savait que Laurence, envieux, rusé, plein d'assurance, avait joué le rôle du mauvais destin.

Avec Cecilia dans les bras, il étudiait le visage de celui qu'il connaissait depuis toujours, et vit un étranger, qui le détestait parce qu'il l'enviait. La richesse, pourtant, songeait Hugo, il aurait pu l'acquérir s'il avait consenti à travailler avec lui dans les multiples affaires dont il s'occupait.

Quand Hugo le lui avait proposé, Laurence avait eu un rire sardonique, proclamé qu'il n'avait pas une nature travailleuse et qu'il préférait recevoir une pension de son cousin.

Maintenant, une résolution désespérée animait Hugo. Cecilia lui avait fait comprendre que ce Mortimer et deux autres hommes allaient venir l'aider à parachever ce qu'il appelait sa vengeance. Quand ils arriveraient, Hugo devrait retourner la situation à son profit.

Son regard fit rapidement le tour de la pièce. Il vit les deux épées croisées sur le manteau de la cheminée. Le foyer était éteint.

Laurence, le pistolet à la main, se versait un verre de vin de la carafe à sa portée. Il but avidement, et sa figure rougit davantage.

Cecilia se tourna vers Hugo. Dieu qu'elle était jolie ! songeait-il, avec son regard si confiant, maintenant, si aimant, si tendre !

— Hugo, c'est fini..., murmura-t-elle.

Il la rassura d'une pression de la main à la taille.

— Il y a une chance, au contraire, ma chérie. Nous allons la tenter tout de suite. Restez calme.

Il murmurait tout contre son oreille.

Laurence grimaça un sourire satanique.

— Que pouvons-nous faire ? murmura Cecilia.

— Je vais vous le dire. Avez-vous un peu confiance en Mortimer ?

— Je... je crois qu'il a été amoureux de moi, jadis.

— Alors, il peut nous aider. Tout au moins, ne pas l'aider, lui.

Ils entendirent la voiture arriver, Laurence leva son arme et se dirigea vers la porte.

Mortimer entra, et, derrière lui, deux hommes solides, en bleus de travail usés et sales. Ils regardèrent avec un étonnement qui n'était pas simulé, la scène qu'ils avaient sous les yeux.

L'acteur ferma la porte et son regard s'attarda sur Cecilia. Hugo ne quittait pas l'homme des yeux. Celui-ci était élégant et n'avait absolument pas l'allure d'un criminel. Et c'était pourtant lui qui avait enlevé Peggy...

— Vous devez être Pierce Mortimer, dit Hugo, son bras toujours, autour de la taille de sa femme. Je ne peux arriver à comprendre comment un homme de votre sorte a quelque chose à voir avec un tel criminel !

De la tête, il indiqua Laurence.

Le regard de Mortimer se détourna du couple. Visiblement, il était mal à l'aise. Il regarda Laurence.

— Vous m'avez fait appeler, monsieur Kinnaird ?

— Oui. Et j'espère que vous aurez plus de cran que pour votre précédente mission, dit Laurence, sèchement. Vous devez tuer mon cousin, ici présent. Moi, je m'occuperai de sa femme. Puis, nous jetterons les corps dans un champ voisin. J'aurais pu vous demander de les enterrer, mais il faut qu'ils soient découverts. A cause de l'héritage. Où est Nicky ?

— Nous l'avons laissé devant quelques pintes de bière, répondit Mortimer qui paraissait très calme.

— Bon. Je le verrai plus tard. Prenez soin de celui-là, dit-il en montrant Hugo du bout de son couteau.

L'acteur hésita. Les deux autres hommes avancèrent d'un pas mal assuré.

— Vous avez besoin de quelqu'un d'autre pour

faire ce sale travail ? demanda Hugo avec un étonnement injurieux. Cela vous ressemble bien ! Vous
n'avez jamais eu de cran. Vous le reprochez à Mortimer, mais vous n'en avez pas la moitié autant que
lui !

La rage se lut sur le visage de Laurence. Il bra-
qua son pistolet sur Hugo. Cecilia ne pouvait trouver
son souffle. Hugo se leva lentement, presque paresseusement. Il semblait étonnamment méprisant.

— Non, mon cher Laurence, continua-t-il d'une
voix douce. Ce n'est pas ainsi qu'il faut faire ! Réglons
cela comme des gentilshommes. Il me semble avoir vu
des épées derrière vous.

Il espérait ainsi en appeler aux instincts de compé-
tition farouches de son cousin.

Les yeux de Laurence s'étrécirent. Il parut
retrouver un peu de raison. Il dit, la voix railleuse,
goguenarde :

— Il y en a, en effet, mais elles resteront au
mur, cher cousin. Je ne me salirai pas les mains avec
vous. Je désire conserver toute mon énergie pour
jouer un peu avec votre bien-aimée Cecilia !

— Pierce ! s'écria la jeune femme, en ce tournant
vers Mortimer. Il veut nous tuer tous les deux. Pour
de l'argent. Et j'attends un enfant. Il a déjà tué
plusieurs fois, il l'a avoué. C'est un fou et je vous
conjure de ne pas vous faire son complice.

Hugo admirait le courage de sa femme. Il regarda
Mortimer pour voir si la supplication de Cecilia avait
produit son effet. L'homme se tenait debout, hési-
tant, les mains pendant à ses côtés, ses regards allant
de l'un aux autres. Hugo fit un pas en avant, avec
autorité. Une étrange excitation montait en lui devant
l'importance de la partie qui se jouait.

Ils s'étaient souvent battus en duel mais alors, ce
n'était qu'un jeu. Il connaissait les points forts de
son cousin et ses faiblesses... Mentalement, il les passa
en revue. Il devrait être calme, froid, rapide, prêt à
profiter de la moindre faute, et prendre garde à lui,

à chaque seconde. Laurence avait quelques coups excellents et une bonne allonge.

— Nous allons nous battre pour le prix le plus haut que je connaisse, Laurence. La vie ! La vie pour moi et pour Cecilia.

Laurence hésita ; son regard se troubla une fois de plus et il se mordit la lèvre.

— Je n'ai pas besoin d'un duel, dit-il enfin. Nous sommes quatre contre vous deux. Pourquoi voulez-vous que je prenne un risque ?

Hugo haussa les épaules et chercha ce qui pouvait le plus fustiger l'orgueil de son cousin.

— Vous étiez un homme d'honneur, autrefois, dit-il, enfin, avec une raillerie insultante. Je pensais que vous préfèreriez régler en gentleman cette affaire, plutôt que de commettre d'autres crimes. Ces hommes n'oublieront pas la façon dont vous comprenez l'honneur.

— Non ! Ne vous battez pas, Hugo ! supplia Cecilia, suspendue à son bras, le visage blême.

Elle lui murmura à l'oreille :

— Promettez-lui de l'argent, plutôt.

Laurence avait entendu. Il ricana :

— Je n'ai pas besoin qu'on me promette de l'argent. Bientôt j'aurai toute la fortune des Kinnaird. Il ne restera qu'à se débarrasser d'Amanda, sa fille et Nicky. Ce sera très simple, je pense.

Hugo répéta :

— Nous pouvons régler cette affaire en une demi-heure.

Il pressa la main de Cecilia qu'il n'avait pas quittée.

— Je vous défie au combat, Laurence, sans aucune règle. Je pense que je vous aurai vaincu dans une demi-heure. Vous n'êtes jamais très bon en fin de combat. Vous avez le souffle trop court.

— Ciel, Je vous ai battu combien de fois, protesta Laurence, furieux. Souvenez-vous, une fois, chez notre maître d'escrime...

— J'avais trop bu, sinon je vous aurais eu très facilement, assura Hugo avec un rire énorme. Non ! Je vous effraie à l'épée, voilà la vérité. C'est pourquoi vous préférez que je me batte avec Nicky... comme l'autre jour... Tandis que vous jouiez les bons apôtres...

— Il n'était pas de taille. Vous l'auriez tué !

— Bien ! Si vous jugez que vous n'êtes pas non plus de taille à vous mesurer avec moi, cela met fin à toute discussion. Il faudra vous débarrasser de nous comme un vulgaire tueur de porcs dans une ferme. Cela vous conviendra mieux, du reste. J'ai toujours pensé que vous aviez quelque chose de commun avec ces animaux. La façon dont vous traitez les femmes, la manière dont vous vous conduisez en société... Vous êtes réellement très vulgaire. Vous m'avez fait souvent honte !

Cecilia tremblait de l'audace de Hugo. Les deux hommes de main semblaient paralysés. Pierce Mortimer alla vers la cheminée et décrocha les deux épées. Il les examina, une dans chaque main. Puis il en tendit une à Hugo.

Celui-ci ne pouvait en croire ses yeux. Laurence avait baissé son pistolet, et semblait dans un nuage. Quant Mortimer lui tendit l'autre arme, il accepta comme s'il jouait un rôle dans une comédie.

Apparemment, quelque chose dans le visage de Cecilia avait décidé Mortimer à donner à Hugo cette dernière chance.

— Je serai témoin, dit l'acteur. Vous feriez mieux de vous reculer, Cecilia. Vous autres, tenez-vous à la porte. Personne ne quittera la pièce avant que tout soit réglé entre gentlemen.

— Oui ! Laissons les riches s'entretuer, dit l'un des acolytes de Mortimer, avec soulagement.

Laurence s'humecta les lèvres. Il avait laissé tomber le couteau. Il était prêt.

— Vos vestes ! dit Cecilia rapidement, comme si c'était un combat régulier. Monsieur Mortimer, vou-

lez-vous aider monsieur Kinnaird à enlever son vêtement ?

Elle fit de même pour Hugo.

— Oh ! Chéri, soyez prudent ! Il est fourbe, murmura-t-elle.

— Je vous aime, répondit simplement Hugo.

— Je vous aime aussi et pour toujours, murmura-
t-elle.

Elle alla se placer contre le mur. Mortimer déplaça
la lourde table pour donner du champ aux combat-
tants et alla la rejoindre.

— Je compterai jusqu'à cinq et le combat pourra
commencer.

— Si quelque chose m'arrivait, je vous confie ma
femme. Reconduisez-la chez elle. Le ferez-vous, Mortimer ? Vous avez été amis.

Avant que Pierce pût répondre, Laurence s'écria,
furieux :

— Non ! Elle m'appartient. Elle mourra près de
vous après vous avoir regardé mourir.

Mortimer recula et commença :

— En garde, messieurs.

Laurence se précipita. Hugo restait immobile. Il
connaissait la manière d'attaquer de Laurence. Il
attendait. Il para les premiers coups et le bruit des
épées se croisant retentit dans la pièce.

Laurence recula, la bouche entrouverte. Hugo
entendit le bruit de la respiration des deux hommes à
la porte. Mortimer s'était légèrement rapproché de
Cecilia. Voulait-il la protéger ? Croyait-il que Laurence
vaincrait ?

Il ne fallait penser qu'au combat, se souvenir de
tous les tours de son cousin. Celui-ci attaqua, encore
et encore. Il commençait à perdre confiance. Du fond
de lui même, Hugo, laissait monter en lui une immense
patience. Il devait attendre, laisser Laurence se fatiguer. Attendre... attendre...

Tirer, parer, tirer... Une fois, Cecilia cria, puis,
mit sa main devant sa bouche pour se contraindre au

silence. Pauvre chérie... Tout ce qu'elle avait enduré
alors qu'il la croyait seulement éprise des feux de
la rampe... Durant tout ce temps, elle s'était demandé
qui était son ennemi secret... Et elle avait cru que
c'était lui, Hugo...

Après la première attaque, Laurence recula avec
une aisance de danseur. D'habitude, Hugo aurait suivi
le mouvement. Mais aujourd'hui, il était prudent.
L'impatience de son cousin augmenta. Il repartit en
avant. De nouveau, les épées se croisèrent.

Alors, Laurence commença à parler, grimaçant,
insultant Cecilia. Hugo ferma son esprit aux mots,
et continua à se battre, calmement. Les deux combat-
tants étaient juste au centre de la pièce. Laurence
décrivait en détail le traitement qu'il comptait faire
subir à Cecilia après sa victoire, Hugo se forçait à
ne pas écouter. Il portait son attention à l'épée adverse
et aux yeux fous qui étincelaient. Il attendait son
heure.

Une nouvelle fois, Laurence attaqua. Hugo
bougea à peine et, pourtant, son épée s'enfonça dans
la poitrine de son adversaire. Laurence paraissait
suspendu à la lame scintillante, un long moment
d'attente angoissée. Ses yeux se voilèrent, il glissa à
terre. L'arme l'avait transpercé. Hugo demeura immobile, comme hypnotisé.

Il avait tué Laurence, son ami d'enfance, l'homme
qui avait partagé ses repas, ses plaisirs, qui avait été
garçon d'honneur à son mariage. Et qui l'avait trahi !

Hugo ne bougeait toujours pas. Sa respiration sac-
cadée, pénible, emplissait la pièce. Les autres, immo-
biles comme des statues, attendaient pour voir si le
blessé se relèverait. Laurence eut un sursaut.

Hugo se pencha et arracha l'épée. Laurence ouvrit
les yeux. Son cousin posa l'arme et s'agenouilla près
de lui. La pitié l'envahit, mais c'était une pitié sans
émotion, froide, lasse. Cet homme avait tué, follement, par avidité, par haine. Non, Hugo ne pouvait
regretter ce qu'il venait de faire.

— Laurence, avez-vous quelque chose à dire ?

— Vais-je... mourir ? demanda-t-il, rêveusement.

Ses yeux sombres allaient des uns aux autres.

— J'aurais... voulu... vous... battre. Je l'ai... presque... fait... J'étais... meilleur que... vous... toujours... à l'épée...

— Voulez-vous faire votre paix avec Dieu ? demanda Hugo d'une voix plus douce. Dois-je vous envoyer un prêtre ?

Laurence essaya de rire et un flot de sang jaillit de sa bouche. Ses yeux se convulsèrent, mais la haine restait inscrite sur ses traits. Puis, le visage se figea.

Mortimer s'agenouilla et prit son pouls. Il hocha la tête, se leva et dit :

— C'est fini. Ce fut un fier combat, monsieur. Et régulier.

— Exact, dirent les deux mercenaires à la porte.

Hugo approuva d'un mouvement de tête las.

— Allez ! ajouta-t-il, avec un geste de la main. Vous pouvez prendre les chevaux. Mais laissez la voiture pour ma femme. Vous déposerez au passage mon étalon dans une écurie voisine en donnant mon nom. Et ne croisez jamais plus mon chemin.

Les deux hommes de main parurent satisfaits de s'en tirer à si bon compte. Mortimer hésita puis s'apprêta à les suivre. Cecilia l'appela :

— Merci, Pierce. Merci !

L'acteur tourna vers elle un regard douloureux dans un visage ravagé. Il la fixa un long moment, inclina la tête et disparut. La porte se referma sur lui et Hugo et Cecilia restèrent seuls.

Hugo prit le manteau de sa femme, l'en enveloppa, et la conduisit vers la porte, tandis qu'il endossait sa jaquette.

— Nous enverrons les autorités ici pour le constat, dit-il. Cela nécessitera quelques explications.

Soudain, il se sentait mort de fatigue. Ils trouvèrent le cocher debout près du cheval. Il les regarda curieusement quand ils parurent sur le seuil.

— Où est le gentleman qui a loué mes services ? demanda-t-il. Il me doit de l'argent.

— Vous serez payé quand vous nous aurez ramenés chez nous.

— Oh ! Chéri ! Chéri ! murmura Cecilia, une fois installée dans la voiture.

Elle tremblait. Il lui prit la main et la porta à ses lèvres, pressant passionnément sa bouche contre la paume glacée.

Hugo avait été plus près de la mort que jamais jusqu'alors, dans sa vie. Et sa femme bien-aimée avait été plus en danger encore. Son épouse, son amour...

— Dieu a été bon pour nous, Hugo, murmura-t-elle en posant sa tête sur la poitrine de son mari.

Il resserra ses bras autour d'elle et la tint ainsi en silence, tandis qu'ils commençaient la longue course qui allait les ramener chez eux.

L'aube éclaircissait légèrement le ciel quand le cocher les déposa en face de l'immense maison familiale.

Le vieux majordome descendit les marches en courant pour ouvrir la portière. Son visage était blême, et ses mains, tremblantes, pendant qu'il les aidait à quitter la voiture.

— Oh ! Monsieur... Nous avons eu si peur...

Cecilia pouvait à peine tenir debout. Elle titubait contre Hugo qui lui tenait doucement la taille pour l'aider à monter lentement les marches.

— Ils sont tous dans le salon, leur dit le valet, en leur tenant la porte.

— Très bien, dit Hugo. Payez le cocher. Payez-le largement. Et renvoyez-le. Puis commandez un petit déjeuner pour nous dans le salon.

Cecilia sentit avec béatitude la chaleur de la maison pénétrer son corps transi. Le réconfort du bras de son mari l'emplissait d'une joie profonde. Elle n'avait plus rien à craindre, désormais.

Hugo ouvrit largement la porte du salon. Alors, ils restèrent, muets, sur le seuil, à la vue de la foule qui emplissait la pièce. Gilbert s'élança pour les accueillir, le visage surpris et heureux.

Derrière lui, Amanda se leva, tremblante, les yeux pleins de larmes. Ils aperçurent ensuite Jany Fields et May Endicott, se tenant la main, devant le feu. Et le père de Cecilia. Et M. Brayton.

— Oh ! Papa !

Il reçut sa fille dans ses bras et elle s'y laissa tomber, déchirée de sanglots. Il lui caressait la tête. Gilbert serra longuement la main de Hugo. Amanda voulait savoir ce qui leur était arrivé.

— Nous étions fous d'inquiétude, quand madame Endicott est venue nous apprendre que Laurence était venu chercher Cecilia et l'avait enlevée. Que s'est-il donc passé ?

Il y eut un tumulte de questions et de réponses.

— Vous saurez tout, mes amis, mais je dois d'urgence prévenir les autorités. C'est une longue et pénible histoire. Je n'aurai pas de repos avant que vous la connaissiez tous.

Cecilia prit la main de son mari qui vint s'asseoir près d'elle. Les autres les entouraient, Amanda et Gilbert, très proches l'un de l'autre.

Hugo poussa un grand soupir avant de commencer :

— Laurence est le responsable de tous nos deuils, de tous nos malheurs. Il était fou. Mais... c'est horrible !... Diana... James... Irène... Peggy.

Quand il en arriva au duel, tout le monde retint son souffle. Hugo expliqua l'attitude honorable de Pierce Mortimer, qui avait, en somme, obligé Laurence à se battre.

Il s'étira, se leva péniblement, et se tourna vers Gilbert qui caressait affectueusement la main d'Amanda.

— Je dois prévenir les autorités. Ils doivent voir le corps et entendre l'histoire.

— Il fait jour, dit Gilbert, avec un coup d'œil vers la fenêtre.

Cecilia suivit son regard. Le soleil s'était levé et faisait étinceler le vase de jade.

Un magnifique spectacle, désormais purifié des horreurs qui avaient eu lieu dans ce salon.

— Vous feriez mieux d'aller dormir, dit à Hugo M. Brayton, avec décision. J'irai à votre place faire cette déclaration, si le marquis de Cleveland veut bien m'accompagner. Nous mettrons l'enquête en route.

Les épaules de Hugo disaient sa fatigue, son épuisement.

— Vous seriez très bon. Quand je me serai un peu reposé, j'irai les voir à mon tour.

— Mais, monsieur Brayton, vous avez une autre première ce soir, dit Cecilia.

Il la regarda avec bonté.

— Nous aurons le temps de faire une dernière répétition cet après-midi. Pensez-vous, Cecilia, que vous pourrez tenir votre rôle demain soir ?

La jeune femme regarda son mari.

— Je crois, dit celui-ci calmement, que nous pouvons vous promettre qu'elle y sera. Mais il est heureux que vous alterniez vos spectacles. Elle a besoin de se reposer aujourd'hui.

Cecilia poussa un profond soupir de soulagement, et sourit à son père.

— Donc, je vous verrai demain, père. Dites à Rosy que je suis désolée de vous avoir donné du souci, à tous.

Il y eut encore des congratulations et des embrassades, et, enfin, Hugo et Cecilia se retrouvèrent seuls, avec Amanda et Gilbert. M. Brayton attendit celui-ci dans le vestibule, mais Gilbert prit le temps de faire remarquer que ni Hugo ni Cecilia n'avaient mangé.

Cecilia observait son mari assis près d'elle. Il était vêtu d'un costume froissé, n'avait pas encore eu le temps de se raser ; ses yeux cernés révélaient la fatigue et l'angoisse des dernières heures, mais jamais sa présence ne lui avait parue aussi merveilleuse.

Elle allongea le bras et remit soigneusement en place le col de Hugo, ses doigts caressant sa joue rugueuse. Il saisit sa main et la porta à ses lèvres.

— Oh ! Cecilia, si vous...

Il ne put aller plus loin. L'émotion nouait sa gorge.

— Nous sommes saufs, chéri. Grâce à vous. Et, aussi, à Pierce Mortimer. Si seulement je pouvais le remercier...

— Je le ferai. Il y aura bien quelque moyen. S'arranger pour qu'il trouve du travail, par exemple. Il n'a pas pu aller jusqu'au bout des horreurs qu'on lui avait commandées. Il y a du bon en lui.

— Laurence se conduisait mal depuis longtemps, dit Gilbert qui ne pouvait se résoudre à quitter la pièce. Avec ma femme, il avait agi comme un soupirant pervers. Il était déjà atteint de folie, à cette époque-là.

— Je suis heureux que Nicky soit hors de ses griffes, maintenant, dit Hugo. Je ne crois pas qu'il soit mauvais garçon.

— Et tout ce qu'il a pu raconter sur mon compte à Amanda ! renchérit Gilbert. Il tissait ses filets avec tant d'habileté qu'il était difficile de s'y retrouver.

Amanda avait pâli.

— Avec ses airs d'ange, il accumulait les mensonges, dit-elle. Il aurait voulu me faire croire que Hugo...

Elle avala sa salive avant de pouvoir continuer :

— Que Hugo avait assassiné Diana... dans un mouvement de rage incontrôlable.

— Il a essayé de me le faire croire aussi, dit Cecilia. Et qu'il serait jaloux de son enfant... Car, j'attends un enfant, Amanda. Et je n'avais même pas osé le dire à Hugo.

— Oh ! Cecilia ! Quelle joie !

Cecilia répondit à son sourire par un sourire aussi radieux, puis se tourna vers son mari.

— Maintenant, nous pourrons parler franchement de tout ce qui se présentera... à commencer par le théâtre, ajouta-t-elle, retrouvant son sourire malicieux.

— Vous jouerez tout ce que vous voudrez, Cecilia. Tout ce qui pourra rehausser votre réputation d'actrice. Et je serai fier de vous.

Une femme de chambre entra à ce moment-là, hésita sur le seuil, et se hasarda enfin à annoncer que la chambre de Cecilia était prête.

— Oh ! Je me coucherai bien volontiers ! admit-elle. Et vous, Hugo ?

— Vous devez aller dormir aussi, ordonna Gilbert. Je vais rejoindre monsieur Brayton pour l'enquête.

Amanda l'accompagna jusqu'à la porte. Ils l'entendirent rire à quelque mot doux du marquis. Cecilia regarda Hugo qui sourit.

— Je suis si heureuse, murmura-t-elle. Je leur souhaite beaucoup de bonheur.

Il l'aida à se lever et ils se dirigèrent vers la porte... trop tôt. Gilbert était en train d'embrasser Amanda, serrée dans ses bras. Le vieux majordome tournait discrètement le dos.

— Je suis heureux que vous n'ayez pas attendu ma permission pour faire votre cour à ma sœur, mon cher. Je me demandais...

— J'ai fait envoyer un mot à lady Margaret pour l'informer de votre heureux retour, monsieur, dit le valet.

Cecilia pensa qu'elle n'oublierait jamais sa pâleur, et le soulagement avec lequel il les avait accueillis.

— Grand-mère était anxieuse pour vous aussi, Cecilia, dit Amanda.

— Je pense qu'elle sera tout à fait rassurée quand le bébé sera là, dit Hugo en passant son bras sous celui de sa femme.

Ils se séparèrent affectueusement d'Amanda et Hugo conduisit Cecilia jusqu'à sa chambre où Hetty l'attendait.

Hugo caressa les cheveux de sa femme et se rendit dans sa propre chambre. Cecilia laissa Hetty faire sa toilette et lui passer sa chemise de nuit en déclarant qu'elle allait sûrement dormir une semaine entière.

Pourtant, le sommeil ne vint pas. Dans son esprit

surexcité, passaient et repassaient tous les événements des mois terribles qui avaient finalement abouti à l'orage de cette nuit.

Elle pensa à Laurence, à cette folie qui l'avait graduellement submergé, jusqu'à ne pas regretter ses crimes, même au moment de mourir.

La chambre était calme, le soleil commençait à se lever derrière les rideaux bien fermés. Cecilia se tourna avec précaution sur le côté.

Hugo entra sur la pointe des pieds. Quand il vit qu'elle était éveillée, il s'assit près d'elle.

— Je voulais être sûr que vous étiez bien là, ma chérie, murmura-t-il, penché sur elle. Que je ne rêvais pas...

Elle lui tendit les bras et il vint s'y réfugier, sa main caressant les cheveux blonds.

— Quand naîtra le bébé ? demanda-t-il à voix basse.

— A la mi-mars. Etes-vous heureux, chéri ?

— Heureux ? Je suis l'homme le plus comblé du monde ! Et hier encore, je me croyais le plus misérable. Je doutais que vous m'ayez jamais aimé. J'avais peur de vous avoir perdue à jamais !

— Comme je désirais vous revoir, Hugo ! J'ai eu le cœur si lourd quand je ne vous ai pas aperçu au théâtre, hier soir.

— Mais... j'étais là ! Je m'étais assis au fond de la salle, loin de Laurence et de Nicky. Je n'aurais pu supporter leurs commentaires, et les railleries de Laurence.

» Je suis sorti pour acheter des violettes. Quand je suis revenu, vous étiez partie avec lui. C'est alors que j'ai compris qu'il avait tramé quelque chose d'horrible. Je me suis précipité à votre recherche.

Cecilia frissonna et il cessa de parler, la tenant tendrement contre lui. Il la sentit se détendre peu à peu.

— Oh ! Hugo ! Je vous aime tant ! dit-elle dans un souffle, à demi endormie, en enfonçant davantage sa tête contre l'épaule accueillante.

Elle se sentait en sécurité. Elle se sentirait toujours en sécurité près de lui maintenant. Il n'y avait plus d'ombre entre eux. Après tant de malheurs, ils étaient à nouveau unis, en parfaite harmonie.

C'est bercée par des mots d'amour qu'elle glissa enfin dans le sommeil...

FIN

Achevé d'imprimer
le 9 novembre 1978
sur les presses
de l'imprimerie Cino del Duca,
18, rue de Folin, à Biarritz.
N° 631.

Dépôt légal n° 387.   4e trimestre 1978.